LE BARON
ET LE CLOCHARD

DU MÊME AUTEUR

DANS LE CLUB DES MASQUES :

LE BARON LES CROQUE
LE BARON ET LE RECELEUR
LE BARON EST BON PRINCE
NOCES POUR LE BARON
LE BARON SE DÉVOUE
LE BARON ET LE POIGNARD
LE BARON ET LE CLOCHARD
UNE CORDE POUR LE BARON

ANTHONY MORTON

LE BARON ET LE CLOCHARD

(LE BARON SOUPÇONNE LA CLOCHE)

Traduit de l'anglais par Claire Séguin

LIBRAIRIE DES CHAMPS-ÉLYSÉES

Ce roman a paru sous le titre original :

THE BARON AND THE BEGGAR

Il a été publié en France, aux Éditions Ditis, sous le titre :

LE BARON SOUPÇONNE LA CLOCHE

I

Dans l'étroite et obscure vitrine de chez Quinn's, élégante boutique du West End, un seul et unique diamant se détachait insolemment sur un fond de velours noir.

Pour un passant quelconque, il n'y avait là rien de surprenant. Mais les passants quelconques sont plutôt rares dans Hart Row, petite impasse discrète, à deux pas de Bond Street, dont les magasins plusieurs fois centenaires rivalisent de modestie.

Pour tous les habitués de Quinn's par contre, cela signifiait que ce diamant n'était pas une pierre anonyme, arrivant en droite ligne d'une mine d'Afrique du Sud ou d'une bijouterie du Continent. Quinn's n'était pas spécialisé en bijoux, mais en objets historiques, et si le diamant trônait ainsi dans la vitrine mal éclairée, on pouvait parier à coup sûr qu'il avait dû passer par des mains illustres avant d'aboutir là.

Sur le tissu sombre et velouté, le diamant étincelait de mille feux.

Devant la vitrine, un clochard se tenait parfaitement immobile.

A quelques pas de lui, un agent, tout aussi immobile, ne quittait pas le clochard des yeux.

Le clochard, lui, ne quittait pas le diamant des yeux!...

Vêtu d'un complet gris fer, autrefois bien coupé, au

veston ouvert sur une chemise relativement blanche, il ne portait ni chapeau ni cravate, et tenait dans sa main droite un plateau de carton avachi, où quelques paires de lacets voisinaient avec une demi-douzaine de boîtes d'allumettes. C'était un homme sans âge. Ses abondants cheveux blancs et son visage aux traits fatigués étaient ceux d'un vieillard. Mais ses yeux très bleus brillaient, pleins d'amour et de désir, comme ceux d'un jeune homme contemplant la femme qu'il aime.

Or, le clochard contemplait le diamant, solitaire et orgueilleux dans la vitrine de chez Quinn's.

Pour l'esprit simple et méfiant de l'agent, c'était là une situation anormale et, par conséquent, inquiétante. Il toussota, fit quelques pas et demanda abruptement, d'une grosse voix sévère :

– Tu l'as assez vu, maintenant?

Le clochard ne broncha pas. Tournant doucement la tête, il posa sur l'importun un regard noyé de rêve, et répondit paisiblement :

– Non.

Puis il reprit sa contemplation.

Déconcerté, l'agent essaya de faire preuve d'autorité :

– Eh bien, moi, je t'ai assez vu. Déguerpis, et vite!

Cette fois, le clochard ne quitta même pas des yeux le diamant. D'une voix tranquille, aux inflexions agréables, il constata sans se troubler :

– Je ne fais rien de mal, que je sache.

– Je ne t'ai pas dit que tu faisais quelque chose de mal, répliqua l'agent avec énergie. Je t'ai dit de déguerpir. De toute façon, tu ne vendras pas beaucoup de lacets, il ne passe personne, ici!

Soudain, le regard de l'homme perdit son expression lointaine et fascinée. Redressant ses épaules courbées, le clochard fixa froidement l'agent et déclara d'une voix assurée :

– Si on a mis ce diamant dans cette vitrine, c'est pour qu'on le regarde, non? Et puis, qui vous dit que j'ai l'intention de vendre des lacets? Je suis venu pour voir...

Il hésita, jeta un rapide coup d'œil sur l'enseigne aux lettres dorées et poursuivit fermement :

– ... Mr Quinn.

– Ça m'étonnerait que tu viennes voir Mr Quinn, dit l'agent, goguenard. Il y a bientôt deux ans que le vieux Quinn est mort, et son neveu, qui avait pris sa suite au magasin, n'a pas tardé à le rejoindre. Tu repasseras, pour voir Mr Quinn!

– Cette boutique appartient bien à quelqu'un, je suppose? rétorqua le clochard sans se démonter.

Et, toujours courtois, mais avec une nuance d'impatience, il ajouta :

– Allons, laissez-moi passer : je vous fais perdre votre temps.

Abasourdi, l'agent, qui se tenait devant le seuil de Quinn's, s'écarta machinalement. Le clochard le remercia d'un petit signe de tête aimable et pénétra dans la boutique. L'agent eut un mouvement pour le suivre, mais s'arrêta, de plus en plus étonné. Car un vieux monsieur, d'une extrême distinction, s'avançait vers le clochard, sans paraître remarquer quoi que ce soit d'anormal dans l'aspect de cet étrange client. Sans un regard pour le plateau de carton, la chemise sans cravate et le pantalon en tire-bouchon, il demanda, aussi respectueusement affable que s'il s'adressait à un milliardaire notoire :

– Que puis-je pour votre service, monsieur?

Très naturel, et parfaitement à son aise, le clochard répliqua avec la même politesse :

– Je m'intéresse au diamant de votre vitrine. C'est une pierre splendide...

– Magnifique, oui. J'en ai déjà vu de plus grosses, mais jamais d'aussi belles. Ce léger reflet rose...

– Amérique du Sud, je suppose?

Un éclair brilla dans les yeux pâles du vieux monsieur, qui acquiesça :

– Parfaitement. Amérique du Sud à ses débuts.

– Oh!... une des premières pierres?

La voix du clochard était pleine de déférence, et le vieux monsieur comprit qu'il avait trouvé là un interlocuteur digne de lui :

– Oui. Une des toutes premières pierres, découvertes par les Espagnols lors du premier pillage des trésors des Aztèques. Nous avons pu retracer son histoire jusqu'au XVIe siècle environ.

– Seulement? C'est dommage! soupira le clochard d'un air convaincu.

– N'est-ce pas? Il m'arrive bien souvent de contempler ce diamant, en essayant d'imaginer son premier propriétaire... Une jeune princesse? Un grand-prêtre? Ou bien une divinité cruelle et couverte de joyaux?

Immobile sur le seuil, l'agent ne perdait pas un mot de cette conversation surprenante. Le vieux monsieur poursuivit :

– Evidemment, le diamant a été retaillé par les Européens...

– Admirablement taillé, même! approuva le clochard en connaisseur.

C'était plus que l'agent n'en pouvait supporter. Il entra dans la boutique et demanda d'une voix de tonnerre :

– Est-ce que cet individu vous embête, monsieur?

Le clochard leva un sourcil ironique, tandis que le vieux monsieur demandait, sincèrement étonné :

– Quel individu?

– Ce type-là! dit sobrement l'agent. Vous ne vous imaginez tout de même pas que c'est un acheteur, Mr Stearn!

– Toutes les personnes qui entrent chez Quinn's ne sont pas forcément des acheteurs, monsieur l'agent. Cette boutique tient un peu du musée, vous savez, et attire bien souvent des connaisseurs...

– Mais pas des mendiants, quand même! protesta l'agent, complètement décontenancé. Ce lascar n'a pas essayé de mendier, non?

– Monsieur m'a demandé un renseignement, monsieur l'agent, tout simplement. Je le lui ai donné avec plaisir. C'est mon métier, d'ailleurs...

L'agent s'étrangla, jeta un coup d'œil furieux au clochard qui ouvrait des yeux innocents et plus bleus que jamais, et marmonna :

– Avec tous les objets de valeur que vous avez ici...

Le vieux monsieur l'interrompit sèchement :

– Croyez bien que j'apprécie votre vigilance, j'en informerai Mr Mannering dès son arrivée. Mais pour l'instant, permettez-moi de me consacrer à monsieur. Au revoir, monsieur l'agent.

– Au revoir, dit en écho la voix suave du clochard.

L'agent faillit éclater, se domina, tourna les talons sans mot dire et sortit en claquant la porte. Puis il poussa un soupir retentissant, prit un carnet dans sa poche et se mit à écrire d'un stylo vengeur. Sa description du clochard fut aussi minutieuse que partiale. Après quoi, il se dirigea vers le premier téléphone venu, demanda le poste de police divisionnaire, et fit part de son indignation à son collègue de garde. Enfin, il revint faire les cent pas dans Hart Row...

Dans la boutique, le clochard et Mr Stearn étaient restés un moment silencieux. Puis le premier demanda, de sa voix agréable :

– Je voudrais vous poser une autre question. Combien vaut ce diamant?

Le vieux monsieur eut un petit geste embarrassé :

– Je suis navré, mais il m'est impossible de vous répondre : Mr Mannering n'a pas encore fixé de prix. Voyez-vous, j'ai l'impression qu'il ne veut pas le vendre à n'importe qui, et que le prix dépendra entièrement de la fortune de celui qu'il choisira.

Mr Mannering s'intéresse trop aux pierres précieuses pour laisser partir celle-ci entre les mains du premier millionnaire venu. Si vous aviez quelques secondes à me consacrer, je pourrais vous raconter l'histoire de ce diamant.

D'un geste plein de dignité, le clochard déposa son affreux plateau de carton sur une petite table d'argent massif du plus pur Quattrocento, et déclara sans la moindre ironie :

– J'ai tout mon temps.

Puis il suivit Mr Stearn et traversa la boutique étroite et longue, encombrée de mille objets disparates qui n'avaient guère qu'un point commun : ils étaient tous très rares, très précieux et très chers. Le vieux Quinn, puis son successeur, John Mannering, avaient refusé de se spécialiser dans un style ou une époque quelconques, s'attachant uniquement à la valeur historique de leurs acquisitions. Aussi venait-on de très loin, du fond de l'Amérique ou de l'Europe, pour vendre ou pour acheter chez Quinn's une table, une épée, une cassette... et leur histoire.

Tout au fond du magasin, une porte ouvrait sur un petit bureau confortable :

– Nous serons plus tranquilles ici pour parler, déclara le vieux monsieur. Puis-je vous offrir une tasse de thé? On m'apporte le mien vers cette heure-ci.

Avec la même aisance et la même dignité naturelle, le clochard répondit doucement :

– J'accepterai votre tasse de thé avec autant d'intérêt que j'écouterai votre histoire, monsieur.

Un jeune employé, engoncé dans un redoutable faux-col, vint apporter un plateau copieusement garni et deux tasses, en dissimulant mal son étonnement et sa réprobation. Tandis que le clochard faisait disparaître un nombre impressionnant de buns, de scones et de toasts, le vieux monsieur, qui paraissait totalement indifférent à l'appétit de son curieux visiteur, attaquait son histoire :

– Ce diamant fut apporté jadis d'Amérique en Espagne par les conquistadors, et considéré pendant longtemps comme une des plus belles pièces de la collection royale. Tantôt broche, tantôt pendentif, tantôt bague, il parait les reines et les infantes. Mais à la fin du XVIIIe siècle, les choses se gâtèrent. Le roi régnant eut la fâcheuse idée d'offrir cette pierre à une dame dont il espérait gagner le cœur. La dame prit le diamant royal, le roi obtint les faveurs de la dame... et c'est alors que naquit l'étrange légende de notre diamant. On commença à chuchoter que le bijou appartenait à la reine d'Espagne, et à elle seule. Quiconque oserait le lui ravir et le porter mourrait de mort violente. Peu de temps après, le diamant fut dérobé à la maîtresse du roi. A la place, où elle le portait habituellement, sur le sein gauche, on trouva un poignard. Enfoncé jusqu'à la garde...

Le vieux monsieur prit un temps pour mieux jouir de son effet. Mais le clochard, impassible, se contenta d'avaler un nouveau muffin. Mr Stearn enchaîna donc :

– Plus tard, après de mystérieux détours, nous retrouvons le diamant, qui orne le plus beau collier de Zara, cinquième duchesse d'Adalgo, et femme d'un prétendant au trône d'Espagne. Mais la duchesse Zara périt bientôt, assassinée. Ses enfants, exilés, vendirent l'un après l'autre les bijoux de leur mère. Dont le fameux diamant, que nous appellerons par le nom qu'il porte maintenant, si vous le voulez bien : l'Adalgo. L'Adalgo fut racheté par le roi d'Espagne, le dernier... Peu de temps après il fut à nouveau volé et, presque aussitôt, le roi d'Espagne fut détrôné... Depuis, il s'est promené un peu partout... Je parle de l'Adalgo, précisa le vieux monsieur, avec un sourire d'excuses. Mais personne ne l'a jamais gardé très longtemps... Peut-être toujours à cause de cette étrange légende. On prétend que les femmes qui ont porté le diamant sont toutes mortes, les unes de mort violente, les autres de mort mystérieuse, inexpliquée.

– Et d'après vous, s'agit-il d'une légende, ou d'une série de coïncidences? demanda le clochard, qui avait bel et bien liquidé l'assiette de pâtisseries.

– Bah... je ne crois ni aux légendes ni aux coïncidences! Mr Mannering non plus, d'ailleurs. C'est pourquoi il a acheté ce diamant, sans attacher la moindre importance à toutes ces superstitions.

Le clochard leva un sourcil étonné :

– Superstitions?

– Oui. Je ne sais pas si vous connaissez les Espagnols...

– Un peu..., dit le clochard avec une ombre de sourire sur son visage triste.

– Vous savez peut-être à quel point ils aiment à dramatiser le moindre fait divers? A vos yeux comme aux miens, ce diamant est très légèrement teinté de rose. Mais pour eux, il est d'un rouge de sang! D'ailleurs, ils appellent l'Adalgo « la pierre sanglante », ou « la pierre de vérité » en toute simplicité. Ils prétendent qu'il porte malheur, et que tous ses possesseurs mourront de mort violente. Tous, sauf la reine légitime d'Espagne.

Il se fit un léger silence. Malgré ses déclarations de scepticisme, sa cravate rayée, sa tasse de thé, le vieux monsieur était visiblement captivé par son histoire et l'évocation des « superstitions » qui entouraient l'Adalgo. Le clochard rêvait. Ses yeux bleus avaient repris leur expression lointaine.

– Bah! reprit le vieux monsieur, il n'y a plus de reine d'Espagne. De temps à autre, des monarchistes exilés font de timides essais de restauration, plus théorique qu'effective, et toujours vouée à l'échec! Il y a quelques années, par exemple, je me souviens qu'un nommé Pedro Lopez est venu à Londres, dans l'espoir d'obtenir du gouvernement anglais qu'il reconnaisse la légitimité d'un nouveau prétendant, lequel n'était autre précisément que le duc d'Adalgo, dernier du nom. Vous avez peut-être entendu parler de cette affaire?

– Vaguement, murmura le clochard.

– Lopez a échoué, évidemment. Mais qui sait? Un jour le diamant retournera à la duchesse d'Adalgo, et ne lui portera pas malheur, puisque, d'après la légende, c'est la dernière prétendante légitime : si tant est toutefois qu'il y ait une duchesse! Je n'en ai pas la moindre idée pour mon compte. Mais je bavarde... J'espère que je ne vous ai pas ennuyé avec mon conte de fées?

– Pas le moins du monde! s'exclama le clochard, sincère.

Ses yeux firent le tour du bureau, et s'arrêtèrent sur un portrait. Un homme d'une quarantaine d'années, vêtu de bleu sombre, y souriait, d'un sourire nonchalant et légèrement ironique. Ses cheveux grisonnaient sur les tempes. Son visage d'une régularité parfaite était sauvé de la banalité par un insolent regard noisette et une bouche moqueuse. Les femmes ne pouvaient manquer de le trouver très séduisant; mais les hommes étaient certainement obligés de reconnaître qu'il paraissait fort sympathique.

– Comment trouvez-vous ce portrait de Mr Mannering? demanda le vieux monsieur.

– Qui a peint cela? répliqua le clochard, fasciné. Ces couleurs sont extraordinaires, et ce dessin...

– Je vois que vous êtes de mon avis! Mrs Mannering est un très grand peintre... et ce portrait de son mari compte parmi ses meilleures toiles!

– C'est une femme qui a peint cela! s'exclama le clochard, avec un étonnement peu flatteur pour les femmes qui s'avisaient de manier le pinceau.

– Cela, et bien d'autres visages, oui. Pour moi, dit le vieux monsieur avec enthousiasme, c'est notre plus grand portraitiste. Et croyez-moi, cher monsieur, notre époque a besoin de portraitistes. Nous manquons de documents humains. Quoi de plus fascinant, quoi de plus révélateur, qu'un portrait?

– Oui, murmura le clochard, quoi de plus révélateur...

Mais le vieux monsieur, en bon Anglais, habitué à discipliner ses élans, s'était déjà repris. Tendant au clochard son étui à cigarettes en argent, il demanda d'une voix neutre :

– Vous fumez?

– Non, merci, dit doucement le clochard. Je ne fume plus. Vous comprenez, il fallait absolument que je fasse quelque chose de difficile. De très difficile. Pour me prouver que j'étais encore capable de me dominer. Alors, j'ai décidé de ne plus fumer.

Le vieux monsieur accueillit cette déclaration avec son sourire courtois, et déclara simplement :

– Je vous envie.

– Pourrais-je vous poser une dernière question? dit le clochard. Pourquoi m'avez-vous reçu si... aimablement?

– Parce que vous aimez les pierres précieuses, et moi aussi. Je savais bien que vous ne veniez pas acheter l'Adalgo! Mais pourquoi vous empêcher de m'en parler? Mr Mannering est comme moi, d'ailleurs... Il a une véritable passion pour les pierres... Tout connaisseur est le bienvenu ici. Vous ne savez probablement pas que Mr Mannering est collectionneur?

– Si, je le sais!

Le regard du clochard était à nouveau perdu dans un rêve. Le vieux monsieur poursuivit :

– Partout où l'on s'occupe de bijoux, je puis vous assurer que l'on connaît le nom de Mr Mannering!

– Je sais, répéta le clochard.

Soudain, il posa sur son interlocuteur un regard vif et amusé. Un léger sourire tordit ses lèvres minces, et il demanda gentiment :

– Mais vous, vous ne savez probablement pas où j'ai

entendu parler de Mr Mannering pour la première fois?

Le vieux monsieur eut un geste vague.

– En prison, dit le clochard, toujours souriant. Oui, je purgeais une peine. Une condamnation pour vol de bijoux. Oh! entre nous, ils ont eu de l'audace : appeler cela des bijoux! C'était de la quincaillerie, à côté de votre diamant!

– Vraiment, je n'aurais jamais pensé que la renommée de Mr Mannering aille jusqu'à traverser les murs des prisons! s'exclama le vieux monsieur, très sincèrement surpris.

Derrière la porte fermée, on entendit un bruit de pas rapides, et une voix grave, bien timbrée et jeune.

Le clochard se leva et attendit, immobile, les yeux fixés sur la porte, tandis que le vieux monsieur s'écriait :

– Voici justement Mr Mannering qui arrive. Il sera enchanté de faire votre connaissance!

– Je n'en doute pas! murmura doucement le clochard.

II

Avec un sourire aimable, mais crispé, Lorna Mannering renvoya la jeune fille au beau visage régulier et au regard légèrement bovin qui lui avait servi de modèle pendant deux jours et lui annonça qu'elle n'aurait plus besoin de revenir poser. La jeune fille dissimula de son mieux son désappointement et disparut. Restée seule, Lorna lança violemment son pinceau à travers le grand atelier plein de lumière. Le pinceau alla atterrir sur le velours cramoisi d'un divan, qu'il agrémenta d'une longue traînée bleu outremer.

– Chameau! dit Lorna d'une voix pleine de rancune. Sale chameau!

Mais ce n'était pas le pinceau qu'elle apostrophait ainsi. Le chameau, c'était elle. Dotée d'une grande loyauté, Lorna était obligée de reconnaître que, depuis une dizaine de jours, elle se conduisait fort mal envers son entourage en général et son mari en particulier.

Quittant l'atelier, elle descendit rapidement l'escalier qui conduisait à l'appartement proprement dit, faillit rater une marche, se retint à la rampe, jura et vint finalement s'écrouler sur une chaise basse devant sa coiffeuse. Le miroir romantique lui renvoya l'image d'une jeune femme aux yeux gris, pleins d'orage, aux épais sourcils sombres, aux cheveux noirs en désordre. Lorna lui fit une effroyable grimace et lui déclara sans ambages :

– Tu ferais bien de t'épiler les sourcils, ma vieille. Tu ressembles à un orang-outang.

Armée d'une pince à épiler, elle se mit aussitôt à l'ouvrage, tout en soliloquant à mi-voix, suivant une habitude qu'elle avait empruntée à son mari :

– Et puis, tu as besoin d'aller chez le coiffeur : tu es à peu près aussi bien peignée que la Magnani...

La pince à épiler s'immobilisa deux secondes et Lorna soupira :

– Ah! la Magnani... si seulement je pouvais faire son portrait! Il faudra que j'y songe sérieusement. Ce doit être possible... Bah! de toute façon ce n'est pas pour aujourd'hui. Alors, je ferais mieux de passer chez Francine, voir si elle n'a pas reçu de nouveaux chapeaux. Et chez Luigi, commander des chaussures. Au lieu de rester ici, à peinturlurer n'importe quoi! Pas une tête intéressante! C'est bien la peine d'avoir refusé des commandes à la pelle, sous prétexte que j'en avais assez de regarder des généraux congestionnés, des douairières fripées et des femmes du monde sans âge. Je ne peux quand même pas faire une troisième fois le portrait de John. Ni continuer à convoquer des modèles pour les renvoyer aussitôt après. Je n'aurais jamais cru que tant de gens puissent avoir le même regard : vide, triste, mort...

La pince à épiler s'arrêta. Lorna examina son travail d'un œil critique, puis s'attaqua à ses cheveux, qu'elle brossa longuement pour les discipliner en un gros chignon brillant.

– Les cheveux sur les épaules, ça va bien quand on est de bonne humeur, commenta-t-elle sans indulgence. Mais comme je suis de mauvais poil...

Elle se débarrassa de la blouse de toile verte qu'elle portait pour travailler et alla prendre dans sa penderie son dernier chapeau.

– Voilà la meilleure solution!

La glace lui renvoya cette fois l'image d'une jeune femme aux fins sourcils, au visage bien dégagé, où brillaient de grands yeux gris, franchement amusés. Pour tout costume, elle portait un extravagant petit chapeau blanc, un soutien-gorge bleu lavande et un jupon fleuri.

– Je sors, je descends dans la rue, j'arrête la première personne dont le visage me paraît intéressant et je lui demande de poser pour moi.

La sonnette de la porte d'entrée vint interrompre ce monologue. Machinalement, Lorna se dirigea vers le vestibule, puis s'arrêta en éclatant de rire. Deux minutes plus tard, elle avait enfilé une robe et, toujours coiffée de son petit chapeau blanc, allait ouvrir la porte en murmurant :

– Si le Ciel pouvait m'envoyer mon modèle à domicile, voilà qui arrangerait tout!

Au premier coup d'œil, elle dut déchanter. L'étranger qui se tenait sur le seuil, chapeau à la main, était grand, vêtu de bleu marine, et horriblement banal. Dans son visage rond et insignifiant, ses yeux bruns paraissaient inquiets. D'une voix aussi neutre que son visage, il demanda si Mr Mannering était là. Lorna répondit que non, qu'il ne rentrerait que dans la soirée, mais qu'on pouvait certainement le trouver chez Quinn's. Tout en parlant, elle pensait :

« Il ressemble à un pudding. Impossible à peindre! Et pourtant, il a l'air inquiet... Mais vraiment, un pudding, même inquiet... »

– Vous êtes probablement Mrs Mannering? demanda l'inconnu.

Lorna acquiesça. L'homme lui tendit alors un petit paquet enveloppé de papier brun, tout en expliquant :

– J'ai plusieurs rendez-vous urgents, madame. Il m'est impossible de passer chez Quinn's. Je préférerais donc vous laisser ceci. Mr Mannering sait de quoi il s'agit. Dites-lui simplement que je serai chez moi dans la soirée et qu'il pourra m'y téléphoner sa réponse.

Lorna prit le petit paquet brun. L'homme ajouta doucement :

– S'il m'est permis de vous donner un conseil, je vous demanderai de mettre ceci en sûreté. C'est assez précieux.

– C'est entendu, murmura Lorna, interdite.

L'homme tourna les talons et descendit l'escalier sans se retourner. Lorna resta un moment immobile, essayant de se raisonner : John était antiquaire et, par surcroît, collectionneur de bijoux. Quoi de plus naturel chez lui qu'un petit paquet « assez précieux »...

Refermant lentement la porte, la jeune femme se dirigea vers le bureau de son mari. Sur l'un des murs gris clair, une tête d'adolescent signée du Caravage l'accueillit avec un sourire familier et légèrement ironique.

– Tu as raison, dit Lorna. Ce n'est pas parce que ce zèbre-là ressemble à un pudding – et à un pudding mal cuit, qui plus est! – que je vais broyer du noir!

Dans un coin du bureau, mise en valeur par le velours gris des rideaux, une chaise à haut dossier se dressait, solitaire. C'était une véritable pièce de musée et les visiteurs de John Mannering ne manquaient pas de s'exclamer :

– Mais dites-moi, elle vaut une fortune, votre chaise! Queen Anne?

– Cromwell! répondait Mannering, en se gardant bien de mentionner que le bas de la chaise, orné de panneaux richement sculptés, valait en effet, à lui tout seul, autant d'argent que tout le reste du mobilier... Avec l'aide d'un spécialiste aussi habile que discret, John avait transformé la boîte formée par les quatre pieds et leurs panneaux en un coffre-fort perfectionné. Le siège était commandé électriquement et ne pouvait s'ouvrir que si l'on pressait sur une certaine moulure. Ce que fit Lorna. Une boîte d'acier apparut. La jeune femme pressa sur une autre moulure, puis prenant une petite clef dissimulée dans cette moulure, ouvrit la boîte d'acier. Une seconde boîte, plus petite, apparut : c'était le coffre-fort proprement dit et, pour l'ouvrir, il fallait connaître la combinaison. Lorna fit jouer le gros bouton d'acier jusqu'à ce que le couvercle s'entrebâille.

Dans le coffre, il y avait quelques écrins, et trois petits paquets...

Lorna fronça les sourcils. Les trois paquets ressemblaient étrangement à celui qu'elle tenait à la main. Elle avait ouvert le coffre quelques jours auparavant, pour y prendre son collier de rubis : les paquets ne s'y trouvaient pas...

Brusquement, elle revit le regard inquiet de son visiteur...

Déposant le mystérieux paquet dans le coffre, elle referma la cachette. On ne vit plus qu'un siège ancien, contre un mur gris clair.

Songeuse, Lorna revint dans sa chambre, faillit décrocher le téléphone, se ravisa et choisit un sac et des gants assortis à sa robe grise rayée de blanc :

– Je suis idiote, murmura-t-elle sans la moindre conviction. John a de drôles de clients, voilà tout. Cela ne signifie pas qu'il s'est encore embarqué dans une affaire plus ou moins orthodoxe...

Mais cette explication ne la satisfaisait nullement, et elle décida d'aller de ce pas demander à son mari pourquoi des inconnus à figure de pudding venaient lui confier des paquets « assez précieux » en lui recommandant d'en prendre bien soin!

Vingt minutes plus tard, un taxi la déposait au coin de Hart Row. Comme elle s'engageait dans l'impasse tranquille, un homme sortit de chez Quinn's. Il tenait à la main un plateau de carton chargé de lacets et de boîtes d'allumettes, portait un costume gris, et une chemise sans cravate. Ses cheveux blancs avaient un urgent besoin d'un coup de ciseau. Mais sur son visage aux traits réguliers et fins flottait une extraordinaire expression de bonheur... Il s'avança vers Lorna sans la voir. Puis il s'arrêta, se retourna et lança un long regard vers la vitrine de Quinn's. Comme il allait se remettre en route, Lorna arriva à sa hauteur...

Elle retint une exclamation à la fois étonnée et ravie : elle avait trouvé son modèle. D'un coup d'œil entraîné, elle remarqua le menton et la bouche bien dessinés, les pommettes très hautes, le regard bleu gentiane et l'étrange halo que formait la chevelure blanche.

Le clochard dévisagea la jeune femme élégante qui le fixait avec une surprenante intensité et demanda doucement :

– Une boîte d'allumettes, madame?

– Non, dit Lorna. Non, merci... Dites-moi... Etes-vous très occupé en ce moment?

L'homme répondit par un sourire gentiment ironique à cette question saugrenue :

– On ne peut pas dire que je sois accablé de travail, non...

– Alors, accepteriez-vous de poser pour moi?

– Poser?

– Oui. Je suis peintre et je cherche un modèle.

Le clochard lui jeta un coup d'œil surpris et s'exclama brusquement :

– Vous êtes Mrs Mannering!

– Oui, dit Lorna, sans se demander comment le premier vagabond venu pouvait l'identifier aussi rapidement.

Et elle ajouta, pleine d'espoir :

– Voulez-vous poser? Votre prix sera le mien...

La porte de Quinn's s'ouvrit et John Mannering apparut sur le seuil.

En deux enjambées, il rejoignit la jeune femme à l'extravagant petit chapeau blanc et le clochard à la chevelure de prophète. Lorna ne put s'empêcher de penser qu'il était difficile de trouver deux êtres plus différents que son mari et l'inconnu. L'un accablé par la vie, les épaules basses, les traits fatigués, la voix douce et timide. L'autre grand, bien découplé, désinvolte et sûr de lui, et admirablement habillé par les meilleurs tailleurs de Saville Row. Et pourtant, les deux hommes avaient quelque chose en commun : une petite étincelle au fond du regard bleu de l'un, des yeux noisette de l'autre. Une étincelle indulgente et amusée...

Mannering souriait :

– Avez-vous fait connaissance, tous les deux? Lorna, je vous présente Mr Larraby. Mr Larraby... ma femme.

– John, déclara carrément Lorna, il y a des siècles que je cherche monsieur dans tout Londres.

– Vraiment? murmura Mannering, pas autrement surpris.

– Mr Larraby, poursuivit Lorna avec une moue implorante, voulez-vous poser pour moi?

– Le problème, madame, n'est pas de savoir si je veux, mais si je *peux* poser pour vous, dit Larraby avec son imperceptible sourire. N'est-ce pas, monsieur?

– Mr Larraby, s'écria la jeune femme sans laisser à Mannering le temps de répondre, ce n'est pas pour mon mari que vous poserez! C'est pour moi. John ne s'occupe absolument pas de peinture! Alors? Vous acceptez?

– De toute façon, remarqua nonchalamment Mannering, vous n'allez pas commencer maintenant, je suppose?

– Non! Demain matin. 11 B, Green Street, Chelsea. C'est entre King's Road et...

– Je connais très bien Chelsea, madame, dit calmement Larraby.

– 9 heures? Ce n'est pas trop tôt? La lumière est excellente...

– J'y serai, madame. Et j'espère pouvoir vous remercier un jour de votre confiance.

Et le clochard s'inclina très légèrement, tourna les talons, et s'éloigna.

Lorna fronça ses fins sourcils :

– Me remercier? De ma confiance? Qu'est-ce que cela signifie, chéri?

– Je t'expliquerai cela tout à l'heure, mon cœur. Qu'as-tu fait de tes sourcils?

– Tu les préférais en broussaille?

– Non! dit John, prenant le bras de sa femme et l'entraînant vers Quinn's. On voit beaucoup mieux tes yeux et l'attache de ton nez maintenant. Tu as un nouveau chapeau?

– Il te plaît?

– Il est complètement insensé, mais toi, tu es ravissante. Je ne comprendrai jamais comment tu t'y prends!

– Oh! s'exclama Lorna, s'arrêtant devant la vitrine de Quinn's. Qu'est-ce que c'est que ça?

« Ça », c'était l'Adalgo, étincelant sur son fond de velours noir. John soupira :

– Ton père est un des plus riches collectionneurs de bijoux du royaume, ton mari un expert réputé en pierres précieuses et toi, quand tu vois un diamant, tu demandes « qu'est-ce que c'est que ça? »!

– Idiot, dit Lorna. Tu trouves raisonnable de laisser cette pierre en pleine vitrine, derrière une simple vitre?

– Essaie donc un peu de la casser, cette vitre; même avec ton escarpin, je te jure que tu n'arriveras même pas à l'ébrécher.

– A propos d'escarpin, j'allais chez mon bottier! s'écria la jeune femme. Et il faut que je passe chez mon marchand de couleurs. J'ai envie de faire un fond presque blanc pour le portrait de Larraby. Qu'est-ce que tu en penses?

– Rien! Comme tu l'as si bien dit, à l'instant, je ne m'occupe pas de peinture, moi. A tout à l'heure.

7 heures et demie au plus tard. Nous pourrons parler tranquillement de Larraby.

Lorna s'éloigna. John suivit des yeux la silhouette élancée et gracieuse de sa femme; puis, se retournant, il fixa longuement l'Adalgo qui brillait, solitaire, dans la vitrine sombre.

III

A Scotland Yard, dans son bureau clair, aéré et parfaitement ordonné, le superintendant William Bristow parcourait des yeux un rapport manuscrit qu'un messager spécial venait de lui apporter. Bill Bristow passait pour l'homme le mieux habillé et le plus courtois de tout le Yard; on prétendait même ne l'avoir jamais vu sans une fleur à la boutonnière. Aujourd'hui, un discret bouton de rose fleurissait le revers de son complet bleu.

En tête du rapport, on lisait : « QUINN'S. HART ROW ».

Le rapport était maladroitement rédigé et plein de redites; mais pour Bristow, habitué au style des agents de la circulation, parfaitement clair. Un clochard avait longuement contemplé le diamant de la vitrine de Quinn's... Il était entré dans la boutique... Le principal employé l'avait reçu très aimablement... Puis Mr Mannering était arrivé... Lorsque le clochard était enfin sorti de chez Quinn's, une jeune femme fort élégante l'avait abordé. Mannering avait rejoint le clochard et la jeune femme... Il semblait connaître la jeune femme... Le clochard était parti, après avoir pris rendez-vous avec la jeune femme pour 9 heures le lendemain matin. La jeune femme avait bavardé avec Mannering, puis était partie elle aussi. Mannering était rentré dans la boutique...

Bristow reposa le rapport sur sa table, alluma une cigarette, et dit tout haut :

– Qu'est-ce que John peut bien trafiquer?

Car le superintendant et John Mannering étaient de vieux amis...

On frappa à la porte. Sur un « Entrez » distrait de Bristow, un homme de haute taille, dont les cheveux blonds commençaient à grisonner, fit son apparition. Son visage ingrat rayonnait de joie, au grand étonnement de Bristow, car le sergent Tring (Poids-Lourd pour tout Scotland-Yard) était réputé pour son humeur maussade et sa mine lugubre. Soudain, le superintendant se souvint et, se levant, tendit la main à son subordonné avec un large sourire :

– Mes félicitations, inspecteur!

– Ah! je n'osais plus y croire, monsieur! s'écria Poids-Lourd, exultant. Je suis bien sûr que vous y êtes pour quelque chose et je suis venu vous remercier. Vingt-sept ans, sergent! C'est long, même sous vos ordres. Je sais que je ne suis ni très malin ni très vif, mais je commençais à en avoir assez de voir tous mes collègues passer inspecteurs...

– Maintenant, c'est votre tour, Poids-Lourd. Asseyez-vous, nous allons arroser cela. Cigarette?

Dans un tiroir de son bureau, Bristow prit un flacon de whisky et deux verres. Le nouvel inspecteur ne se tenait pas de joie :

– Notez bien que je n'en ai pas pour longtemps, monsieur. Dans un an je suis à la retraite. Mais d'ici là, vous allez voir! D'abord, j'ai pris une décision.

– Laquelle? demanda Bristow.

– Je vais pincer le Baron, monsieur, dit Poids-Lourd d'un ton solennel.

Le superintendant était difficile à émouvoir. Pourtant il ne put réprimer un sursaut :

– Tout simplement!

– Oh! je sais qu'il se moque de nous depuis des années et que nous n'avons jamais pu le coincer...

– Ce n'est pas tout à fait exact, inspecteur. Le Baron s'est moqué de nous, j'en conviens. Et pendant longtemps... Mais il y a sept ou huit ans qu'il se tient tranquille...

– C'est à voir! dit sentencieusement Poids-Lourd. S'il se tient si tranquille que ça, le Baron, pourquoi avez-vous un rapport sur Quinn's, là, devant vous?

– Je vois que vous savez lire à l'envers, inspecteur, remarqua Bristow sans se fâcher.

– Comme tout le monde dans la maison, monsieur...

Un léger silence se fit. Puis l'inspecteur prit son courage à deux mains :

– Est-ce que je peux vous parler franchement, monsieur? Personne n'est mieux placé que moi pour savoir que, pendant des années, vous avez fait tout votre possible pour essayer de prouver que ce fameux Baron, qui faisait si bien rigoler la Presse à nos dépens, c'était John Mannering. Seulement, entre nous, ça vous aurait bien ennuyé d'arriver à vos fins, et d'être obligé de fourrer Mannering en taule. Parce que vous êtes comme moi : vous l'aimez bien. Il travaillait proprement, sans armes, et s'attaquait toujours à des coffres-forts tellement bien garnis que leurs propriétaires ne s'en portaient vraiment pas plus mal. Et puis Mannering s'est marié, et il a l'air de se tenir tranquille, comme vous dites.

– Pourquoi « il a l'air »? Qu'est-ce qui vous fait dire cela?

– Quinn's. Vous ne trouvez pas que ça ferait un drôle de paravent pour un receleur, cette boutique? Savez-vous qui j'y ai vu entrer il n'y a pas huit jours?

– Non, dit Bristow, imperturbable.

– Flick Leverson.

Le superintendant ne put s'empêcher de sourire :

– Flick est à la retraite depuis longtemps!

– Un receleur, c'est jamais tout à fait rangé des voitures. Pourquoi irait-il chez Quinn's?

– Leverson est un expert en antiquités, inspecteur, et un grand ami des Mannering, répondit patiemment Bristow. Quant à ce rapport, qui vous tracasse, lisez-le. Vous verrez qu'il ne contient rien de bien intéressant...

L'inspecteur prit le rapport et le parcourut consciencieusement : la conscience, l'obstination et la maladresse étaient en effet les caractéristiques de Poids-Lourd.

– Je n'aime pas du tout que Mrs Mannering donne des rendez-vous à des traîne-godasses, moi, conclut-il d'un air préoccupé. Même pas à 9 heures du matin. J'espère qu'elle ne nous prépare pas un tour à sa façon?

Bristow se garda bien d'avouer qu'il partageait les craintes de l'inspecteur. Avec un sourire amusé, il se contenta d'observer :

– Si vous réussissez là où j'ai échoué, Poids-Lourd, si vous arrivez à prouver que Mannering n'est autre que le Baron, il vous faudra annoncer son arrestation à Mrs Mannering...

– Eh! je le sais bien, monsieur, soupira Tring qui, depuis longtemps, vouait à Lorna une admiration pleine de sollicitude. Mais le devoir, c'est le devoir... Je ne prendrai pas ma retraite avant d'avoir prouvé que je méritais mon avancement...

Le téléphone sonna. Bristow décrocha, murmura quelques « Oui... Entendu... Pas possible... Merci... » et raccrocha. Tring relisait le fameux rapport. Le superintendant jeta un coup d'œil rêveur à son subordonné et murmura doucement :

– Est-ce que, pour une fois, vous auriez vu juste, Poids-Lourd? On a identifié le clochard qui est allé faire un tour chez Quinn's, cet après-midi. C'est Josh Larraby!

– Josh Larraby! s'exclama Poids-Lourd. Je le

croyais en taule! C'est bien lui qui a soulevé les bijoux de la galerie Mace?

– Oui. Mais il est sorti de prison il y a quelques semaines, à ce qu'il paraît.

– Un voleur! Copain comme tout avec Mannering!... Vous croyez toujours que le Baron se tient tranquille, monsieur?

– Je ne sais pas, dit Bristow, en allumant une cigarette. Mais vous pouvez me faire confiance, inspecteur : nous serons bientôt fixés.

Lorna but trois gorgées de champagne, reposa son verre sur la table et déclara avec une énergie inaccoutumée :

– Si tu essaies encore une fois de détourner la conversation, John, et si tu refuses de me parler de Mr Larraby, je quitte la table. Et pourtant j'ai encore faim!

– Quand nous dînons au champagne, tu as toujours faim! remarqua Mannering, aux prises avec une aile de poulet froid.

– Que t'a fait Mr Larraby? Tu es contrarié parce que je fais le portrait d'un clochard?

– Primo, Larraby ne m'a rien fait. Je l'ai vu aujourd'hui pour la première fois. Secundo, je ne suis pas contrarié. Et tertio, Josh Larraby n'est pas à proprement parler un clochard. Il a connu des jours meilleurs, pour parler comme ta mère...

– Alors, je ne vois vraiment pas ce qui te turlupine!

– Le passé de Josh Larraby, mon cœur.

Lorna ouvrit de grands yeux interloqués :

– Quoi?

– Tu m'as très bien compris : son passé. Josh Larraby était joaillier. Il avait du flair, de l'audace et ses affaires marchaient à merveille. Malheureusement, il aimait les bijoux...

– Pour un joaillier, ce n'est pas gênant, il me semble!

– Non. A condition qu'ils lui appartiennent! Il y a cinq ans de cela, un collectionneur organisa une petite exposition privée à la galerie Mace. Il y avait là un très beau diamant... Larraby adorait les diamants. Et le lendemain il était en prison.

– Oh! fit Lorna, sincèrement consternée. Evidemment, je suppose qu'il n'est plus question de faire son portrait!

– Pourquoi pas? protesta John. Tu pourrais lui donner une chance de repartir du bon pied. Pour le moment, il est bien handicapé avec son plateau et ses boîtes d'allumettes!

– Mais comment est-il venu chez Quinn's, chéri?

– Par hasard, d'après lui. Il passait dans le coin, et ses yeux sont tombés sur l'Adalgo.

– Le quoi?

– L'Adalgo... le petit caillou qui trône dans la vitrine, mon cœur.

– C'est vrai, je l'avais oublié, celui-là, soupira Lorna. J'ai pourtant quelques questions à te poser à son sujet. Mais finissons-en d'abord avec Larraby.

– Il n'y a plus grand-chose à en dire... Fasciné par le diamant, il est entré dans la boutique et Stearn l'a reçu comme il reçoit tous les connaisseurs... A bras ouverts. Je les ai trouvés en train de prendre le thé.

– Alors, c'est au diamant que pensait Larraby quand je l'ai rencontré? Si tu avais vu son regard, John... Ebloui... ravi...

– Tu ne vas quand même pas me demander de faire poser Larraby devant l'Adalgo!

– Parce que tu crois que je peux le faire poser, malgré...

– Malgré ses cinq années de prison! Bien sûr. Il a certainement le plus grand besoin de faire un travail honnête. Qu'est-ce que tu risques, d'ailleurs? Tes bijoux sont en sûreté dans le coffre...

Lorna poussa une exclamation confuse :

– Le coffre! Ma parole, j'ai complètement oublié de te dire le principal. Mon clochard m'a fait perdre la tête... John, est-ce que par hasard tu ne méditerais pas un mauvais tour en ce moment...

– Peut-on savoir ce qui me vaût une pareille question? demanda Mannering, s'efforçant en vain de jouer l'innocence outragée.

– Un mystérieux visiteur, qui ressemblait à un pudding et n'a pas dit son nom, m'a apporté cet après-midi un petit paquet pour toi. Le paquet était aussi mystérieux que le pudding. Je l'ai aussitôt rangé dans le coffre-fort et j'ai pu ainsi constater qu'il y en avait déjà trois de son espèce. Tu collectionnes les paquets, maintenant?

– Décidément, je ne pourrai jamais rien te cacher, soupira John. Je te raconterai donc l'histoire de l'Adalgo, « pierre de vérité », et de ses sosies... Mais d'abord, je veux finir de dîner tranquillement.

Sans répondre, Lorna saisit la bouteille de champagne et se versa à boire.

Une demi-heure plus tard, John et Lorna prenaient leur café dans le salon. Les rideaux étaient tirés, les lampes allumées. Sur le mur d'un bleu soutenu, la robe d'intérieur blanche de la jeune femme faisait une tache claire. Mannering contempla longuement la fine silhouette, les pieds nus dans des sandales blanches, le visage pâle entouré de cheveux noirs, les beaux yeux gris, et murmura tendrement :

– Tu n'as jamais été aussi belle que ce soir! Tu tiens vraiment à parler de l'Adalgo?

– Et comment! dit Lorna impitoyable. Je t'écoute!

Résigné, John commença donc par raconter l'histoire du « diamant sanglant ». Tout d'abord, ce fut un récit identique à celui que Mr Stearn avait fait à Larraby, l'après-midi même : conquistadors, rois d'Espagne, duchesse d'Adalgo... Mais les choses se compliquèrent lorsque Mannering expliqua que, il y a quelque temps de cela, on était venu lui proposer d'acheter l'Adalgo.

– Tu penses bien qu'il n'existe qu'un seul Adalgo au monde. En ce moment, il se trouve parfaitement en sécurité dans le coffre de chez Quinn's. Mais l'Adalgo possède de nombreuses copies. Des sosies. Certains sont d'authentiques diamants, presque aussi beaux que lui, et taillés à sa ressemblance. D'autres ne valent pas dix livres. Lorsque j'ai acheté l'Adalgo, je l'ai aussitot mis dans ma vitrine; et dans les jours qui ont suivi, trois hommes – qui ne se connaissaient ni d'Eve ni d'Adam – sont venus me trouver. Chacun de ces hommes prétendait avoir l'Adalgo. Le seul, l'unique. Je les ai détrompés. Inutile de te dire qu'ils ont mal pris la chose, mais ils ont bien voulu admettre qu'ils avaient été roulés. Le troisième surtout, qui n'avait qu'une vulgaire copie. Les deux autres sosies étaient de véritables diamants. Amusé et intrigué, j'ai acheté les pierres, vraies et fausses. Puis j'ai fait savoir que j'étais acheteur de tous les Adalgos... Et j'ai été ahuri de les voir déferler l'un après l'autre. Jusqu'ici, j'en ai douze! Huit au magasin, quatre ici, puisque le pudding que tu as vu cet après-midi devait m'en apporter un. Voilà. Tu ne trouves pas cela bizarre, toi?

– Bizarre! s'exclama Lorna, c'est incroyable, oui! Je comprends à la rigueur qu'une pierre célèbre possède un sosie ou deux, mais douze!

– Et rien ne dit qu'il n'en existe pas davantage, remarqua John. Mais ce n'est pas tout. Comme tu finis toujours par découvrir la vérité, autant te la dire tout de suite. Bristow fait surveiller Quinn's.

Lorna ne dit rien, mais John vit apparaître sur son visage une expression inquiète et triste qu'il connaissait bien.

– Et pour comble de malchance, Flick est venu me voir l'autre jour au moment précis où Poids-Lourd déambulait dans l'impasse. Tu sais que Tring n'a jamais plus d'une idée à la fois. Pour l'instant, il doit être persuadé que le Baron a repris de l'activité.

– C'est gai! soupira Lorna. Seulement, tout à fait entre nous, ce n'est pas moi qui donnerais tort à Poids-Lourd! Comment veux-tu qu'il ne te soupçonne pas des pires méfaits quand il te voit fréquenter tous les chenapans de Londres et te précipiter tête baissée dans n'importe quelle aventure, pourvu qu'elle soit assez dangereuse pour que tu y risques ta vie et ta liberté! Sais-tu pourquoi tu as acheté l'Adalgo, John Mannering?

– Parce que c'est une pierre magnifique, dit John, interloqué.

– Mon œil! Parce que c'est un diamant « sanglant », un porte-malheur et que tu espères qu'il va se passer quelque chose, maintenant que tu le possèdes! Tu es aussi superstitieux, à ta façon, qu'un torero espagnol!

John se leva et alla s'asseoir à côté de Lorna dont les yeux étincelaient de colère. Il la contempla en souriant, puis passa un bras autour de la taille de la jeune femme :

– Tu n'y es pas, mon cher ange. Mais pas du tout! Je vais te dire la vérité. L'Adalgo porte malheur et toutes les femmes qui ont osé le porter sont mortes de mort violente. Je comptais te l'offrir et attendre patiemment que tu subisses leur sort. Un crime parfait, si tu préfères. Et j'étais débarrassé de toi.

– Parce que tu veux te débarrasser de moi? demanda faiblement Lorna.

– C'est mon plus cher désir, dit Mannering. Tu ne le sais pas?

Et, attirant brusquement Lorna contre lui, il écrasa ses lèvres dans un baiser qui n'avait rien de conjugal. Lorna se laissa faire, puis protesta pour la forme :

– Si seulement je pouvais te détester, tiens!

– Voilà qui me plairait, dit John sans cesser de serrer sa femme contre lui. Je serais obligé de refaire ta conquête. Reste à savoir si j'y parviendrais. Quand tu m'as épousé, j'étais encore le Baron et non pas un antiquaire quadragénaire à qui il n'arrive plus jamais rien!

C'est alors que la sonnette de la porte d'entrée retentit.

IV

Lorna se dégagea avec une petite grimace de dépit :

– Je parie que c'est le pudding de cet après-midi!

– Il aurait pu choisir un autre moment, grommela John en rectifiant son nœud de cravate.

Puis il passa la main sur l'épaule nue de la jeune femme et menaça doucement :

– Mais ne te réjouis pas trop vite, tu ne perds rien pour attendre!

Ils se levèrent tous deux.

– Veux-tu me rendre un service? demanda Mannering. Va ouvrir la porte et retiens le pudding pendant quelques secondes. Je voudrais jeter un coup d'œil sur son mystérieux paquet. Raconte-lui n'importe quoi...

Lorna plongea un regard inquiet dans les yeux noisette de son mari et murmura de la voix tendre et rauque qui bouleversait toujours Mannering :

– N'oublie pas que je tiens à toi, espèce de brute...

Puis elle se détourna et se dirigea vers le vestibule. La sonnette retentit une seconde fois. John passa dans son bureau et, en quelques gestes précis, fit jouer les différentes serrures qui défendaient le coffre-fort si bien dissimulé dans la chaise ancienne. Lorna n'avait pas encore ouvert la porte, car la sonnette retentit une troisième fois, impatiente. John prit le mystérieux paquet, fit sauter ficelle et papier et aperçut un écrin de cuir vert.

Au même instant, il entendit une voix. Fraîche, jeune et essoufflée, indubitablement féminine, ce n'était certainement pas la voix du pudding! La voix demanda assez haut :

– Mr Mannering est-il là, madame?

John ouvrit le petit écrin vert. Un diamant reposait sur le satin blanc. Un seul diamant, absolument identique à celui qui trônait cet après-midi dans la vitrine de Quinn's. Mais Mannering savait que ce n'était pas là l'Adalgo, mais seulement son douzième sosie...

Il glissa l'écrin dans sa poche et se dirigea sans bruit vers le salon qu'une porte entrebâillée séparait de son bureau. Il vit entrer Lorna, précédant une ravissante fille blonde, mince sans être maigre et vêtue d'un tailleur bleu admirablement coupé. Pour l'instant, cette charmante créature paraissait extrêmement agitée et répétait d'une voix implorante :

– Je vous assure, il faut absolument que je le voie, madame.

– Mais c'est vraiment très facile, mademoiselle, répliqua la voix grave de Lorna. Mon mari est toute la journée dans sa boutique d'antiquités, où n'importe qui peut l'y trouver!

– Il faut que je le voie tout de suite! précisa la jeune fille.

– Je vais lui demander s'il peut venir un instant, dit Lorna.

John savait qu'elle ne pensait qu'à gagner du temps, comme il le lui avait conseillé. Il s'avança et poussa la porte du salon. La jeune fille tourna vers lui des yeux d'un bleu extraordinaire. Elle était mieux que ravissante, elle était très belle. Et très inquiète, aussi.

– Bonsoir, dit John parfaitement naturel. Je ne crois pas que nous nous connaissions, miss...

– Addel, dit la jeune fille. Marjorie Addel. En effet,

vous ne me connaissez pas, Mr Mannering. C'est un ami qui m'envoie ici et...

Visiblement émue, Marjorie Addel cherchait ses mots et s'efforçait vainement de dissimuler le tremblement de sa voix.

– Un ami... à moi? demanda John.

– Non, à moi. Il est venu vous voir, cet après-midi, et vous a laissé un paquet. Il devait revenir ce soir, mais il a changé d'avis. Il ne veut plus vendre... Alors, je viens reprendre le paquet.

John ne répondit rien. D'une voix qui se voulait désinvolte, la jeune fille ajouta :

– C'est très simple, n'est-ce pas?

– Pas aussi simple que cela, non, dit tranquillement Mannering.

– Pourquoi? cria Marjorie Addel. Vous ne me croyez pas? Vous ne croyez pas que c'est un excellent ami à moi?

John se garda de faire remarquer à la jeune fille qu'elle n'avait même pas nommé son « excellent ami »... D'autre part, il avait rencontré à plusieurs reprises celui que Lorna qualifiait irrévérencieusement de pudding. C'était un lapidaire de second ordre, qui ne fréquentait certainement pas les mêmes sphères que cette jeune fille élégante et racée. Devant le silence de Mannering, la jeune fille faillit perdre contenance. Puis elle se reprit et, avec effort, poursuivit d'une voix de moins en moins assurée :

– Il a été obligé de partir précipitamment. Mais de toute façon, je vous le répète, il avait changé d'avis. Il ne veut plus vendre. Alors, comme il a toute confiance en moi...

Lorna interrompit ce flot de paroles en remarquant calmement :

– Il vous a peut-être laissé un mot, un billet... Non?

– Un billet? Pour quoi faire? Je vous ai dit qu'il est parti précipitamment. Il faut me croire, Mr Mannering! Tenez, je vais vous faire un reçu. Et vous laisser une caution.

Lorna jeta un coup d'œil éloquent vers John : ou bien la jeune fille était dotée d'un toupet monstre, ou bien elle était complètement idiote. Mais Marjorie Addel avait déjà ouvert son sac de crocodile gold, qui se révéla bourré de billets de cinq livres. Saisissant une liasse au hasard, elle compta fébrilement :

– Deux cent cinquante... trois cents... Trois cents livres. Est-ce que cela vous paraît suffisant, Mr Mannering?

– Amplement, oui, répondit John.

Lorna ne bronchait pas, mais John savait qu'elle se posait la même question que lui : était-il possible que cette fille soit sincère et incroyablement naïve?

– Alors vous allez me donner le diamant? dit Marjorie Addel avec un soulagement évident.

Mannering parut hésiter :

– C'est très irrégulier, ce que vous me demandez là, miss Addel. Pouvez-vous me laisser votre adresse?

– Mais naturellement! s'écria la jeune fille, qui prit une carte de visite et la tendit à Mannering. Celui-ci lut à voix haute :

Miss Marjorie ADDEL
Robes
21, Lander Street, W.I.

– Et où avez-vous l'intention d'emporter ce diamant? demanda John.

– Mais chez mon ami... Enfin, à son domicile...

– Bon... Lorna, offrez donc un whisky à miss Addel. Si vous le permettez, miss Addel, je vais aller chercher ce diamant qui vous tracasse tellement!

Sans attendre la réponse de la jeune fille, il passa rapidement dans son bureau et, pour la seconde fois de la soirée, ouvrit le coffre-fort perfectionné. Parmi les trois paquets que Lorna avait aperçus l'après-midi même, il y en avait un marqué d'une croix bleue. John s'en empara et le défit prestement. Dans un petit écrin rouge, un autre diamant reposait. John prit l'écrin vert dans sa poche et l'ouvrit également. Les deux diamants reposaient côte à côte maintenant, absolument identiques. Mais si l'écrin vert contenait une pierre qui, sans être l'Adalgo, valait quelques milliers de livres, l'écrin rouge ne renfermait qu'une vulgaire copie sans valeur.

John réfléchit deux secondes, puis échangea les deux diamants. L'écrin vert qu'avait apporté le pudding abritait maintenant une pierre fausse, tandis que l'écrin rouge et son précieux contenu disparaissaient dans le coffre-fort, soigneusement refermé. Comme John se dirigeait vers la porte, il entendit la voix de Lorna :

– Je vais voir, miss Addel...

Deux secondes après, elle entrait dans le bureau :

– John, miss Addel est vraiment très pressée, dit-elle à voix haute, avec un clin d'œil significatif.

Puis elle ajouta plus bas :

– Que vas-tu faire?

– Lui donner une copie, et la suivre.

– C'est bien ce que je craignais! chuchota Lorna.

Ils revinrent tous les deux dans le salon, où miss Addel contemplait sans le voir un verre de whisky auquel elle n'avait pas touché. D'un air débonnaire, John lui tendit le petit écrin vert :

– Voici l'objet. J'espère que j'ai raison de vous faire confiance, miss Addel...

Les doigts tremblants de Marjorie Addel ouvrirent l'écrin. Le diamant apparut. Aux yeux de John, et même de Lorna, c'était une déplorable imitation. Mais la jeune fille s'y laissa prendre :

– Je ne sais comment vous remercier, Mr Mannering...

– C'est bien facile, sourit John, toujours bon enfant. Vous allez me signer un reçu, et tout ira bien.

Il prit une feuille de papier, Lorna fournit son stylo et, la main gauche crispée sur le petit écrin vert,

Marjorie Addel griffonna quelques lignes sans se donner la peine de dissimuler sa joie. Lorna la contemplait, songeuse : la jeune fille était vraiment d'une rare beauté... Si, par surcroît, elle jouait la comédie, c'était une actrice de grande classe. Si elle ne la jouait pas, ce n'était plus qu'une parfaite Bécassine. Une Bécassine embarquée dans une étrange histoire, et qui s'imaginait que John Mannering pouvait confier un diamant de prix à une inconnue contre trois cents malheureuses livres et une vague signature!

Levant les yeux, Lorna rencontra le regard de son mari... un regard qu'elle connaissait bien. Ce n'était plus Mannering, antiquaire paisible, collectionneur de bijoux et mari fidèle, qui lui souriait, ses yeux noisette pétillant d'une excitation contenue... C'était le Baron. Ce maudit Baron qui attendait impatiemment le départ de la jeune fille pour s'élancer une fois de plus vers l'inconnu et le danger. Lorna faillit protester tout haut, mais se domina : après tout, c'était bien le Baron qu'elle avait épousé, en parfaite connaissance de cause! Audacieux, téméraire, capable des pires générosités, narguant à la fois la police et les plus redoutables canailles, jouant sans hésiter sa vie et sa liberté pour le plaisir de venir en aide à un innocent injustement accusé, ou à une jolie fille en détresse...

Mais cette fois, la jeune fille ne semblait nullement en détresse. Rayonnante, elle prenait congé de John et de Lorna, et s'enfuyait, un sourire radieux sur les lèvres, la main toujours serrée sur le petit écrin vert... Mannering lui laissa le temps de dévaler l'escalier, puis la suivit, après un joyeux clin d'œil à Lorna. Restée seule, la jeune femme se précipita vers une fenêtre du salon, écarta imperceptiblement le lourd rideau et vit qu'une petite M.G. décapotable stationnait devant leur immeuble, à quelques mètres seulement de l'Aston-Martin bleu acier de John.

Marjorie Addel s'y engouffra et démarra sans perdre une seconde.

Puis John apparut; l'Aston-Martin s'ébranla à son tour et disparut.

Lorna allait laisser tomber le rideau lorsqu'un homme se détacha de l'ombre d'un porche voisin. Lorna le reconnut aussitôt : c'était le sergent Tring. Marchant d'un pas rapide, il disparut à son tour dans la nuit.

Avec un soupir découragé, Lorna abandonna son poste de guet, et alla se verser un solide whisky. Il ne lui restait plus qu'à attendre, maintenant, en essayant de ne pas trop penser aux dangers que courait John.

– Ce ne sera pas la première fois que cela m'arrive, murmura-t-elle rageusement, ni la dernière, probablement!

Avisant un grand album sur une table basse, elle l'ouvrit d'un geste impatient et aperçut les bijoux photographiés sous tous les angles. Des bijoux célèbres et, parfois, le portrait de leurs possesseurs. Lorna trouva sans peine l'Adalgo. A côté du diamant aux reflets roses, une femme souriait, sa tête altière couronnée de nattes sombres. C'était Zara, cinquième duchesse d'Adalgo.

Lorna referma brusquement le livre et décida de penser à autre chose. Pour cela, elle avait un moyen, en général infaillible : dessiner. Allumant une cigarette, elle gravit le petit escalier aux marches étroites qui conduisait à son atelier. Une feuille de papier, un crayon... Le visage triste de Larraby apparut, avec ses yeux clairs pleins de songe... Une autre feuille : le pudding, au regard inquiet. Une troisième : Marjorie Addel, le visage transfiguré de joie...

Lorna examina son œuvre d'un œil critique :

– Je parierais volontiers qu'elle est honnête, cette petite! Honnête, mais idiote...

Soudain, elle entendit un léger bruit dans l'escalier. Elle se retourna avec un soupir joyeux :

– John...

Mais ce n'était pas John. C'était un inconnu, le revolver au poing.

Et le revolver était braqué sur Lorna.

Le visage masqué par un grand mouchoir blanc, un feutre cabossé enfoncé jusqu'aux sourcils, les mains gantées, l'homme était impossible à identifier. Lorna remarqua pourtant qu'il était étonnamment trapu, avec des épaules carrées, et presque aussi large que haut.

La gorge serrée, elle essaya de dissimuler la panique qui l'envahissait.

– Viens par ici, ordonna l'homme d'une voix grave.

Lorna ne bougea pas.

– Tu es sourde? Je te dis de venir. Et j'ai l'habitude qu'on m'obéisse!

Il eut un geste menaçant. Le revolver brilla. Mais Lorna ne bougeait toujours pas. Elle se demandait désespérément si Poids-Lourd était revenu dans les parages... Si oui, il avait dû remarquer cet homme... Pourquoi n'essayerait-elle pas de crier? Les voisins l'entendraient peut-être...

Comme s'il lisait dans ses pensées, l'homme eut un petit ricanement :

– Si tu cries, je tire. Dans le bide. Tu m'en diras des nouvelles... Si tu peux encore parler!

La voix grave avait un très léger accent étranger. Lorna comprit que l'inconnu ne bluffait pas, et n'hésiterait pas à tirer si elle criait.

– Alors, tu te lèves?

Laissant glisser à terre le carton à dessin, Lorna se dressa péniblement, paralysée par la peur. L'homme lui montra l'escalier :

– Descends! Et pas de blagues...

Au bas des marches, un autre inconnu se tenait immobile, l'arme au poing et le foulard sur le nez. Mais le foulard était rouge et l'homme, de haute taille et très mince. Brusquement, et sans qu'elle puisse s'expliquer pourquoi, Lorna reprit son sang-froid. Relevant gracieusement sa longue robe blanche, elle descendit lentement le petit escalier. Les deux hommes ne la quittaient pas des yeux. D'un air indifférent, Lorna passa dans le salon et s'arrêta au milieu de la pièce, silencieuse, ravissante.

Le foulard rouge ricana :

– Elle a du cran, cette poupée!

– Tant mieux pour elle, dit le foulard blanc. Elle en aura besoin!

Puis les deux hommes se turent. Un silence menaçant tomba sur la pièce paisible. Une rose rouge s'effeuilla, et ses pétales glissèrent sur l'acajou d'une table avec un froissement imperceptible. Les deux hommes regardaient toujours fixement Lorna, sans mot dire.

La jeune femme comprit qu'ils voulaient la terroriser et qu'ils y réussiraient certainement. Sentant que son courage allait l'abandonner, elle tenta de sauver la face en relevant un petit nez insolent.

L'homme au foulard blanc demanda alors :

– Où est l'Adalgo?

– Je n'en sais rien. Chez Quinn's, je crois.

Lorna haussa ses épaules nues :

– Réfléchis bien. Nous ne te voulons pas de mal, mais nous ne partirons pas sans le diamant. Alors, tu ferais mieux de nous dire tout de suite où il est.

Les mots tombaient lentement, froidement. L'homme parlait sans passion, avec un calme terrifiant.

– Je vous répète que je n'en sais rien, dit Lorna.

Mais elle sentait très bien que sa voix manquait affreusement de conviction.

L'homme au foulard blanc fit un petit geste, et le foulard rouge s'approcha rapidement de la jeune femme, saisit son bras gauche et le tordit très légèrement, tandis que la voix grave poursuivait :

– Dans quelle pièce se trouve l'Adalgo? Réponds vite!

– Mais je ne sais même pas s'il est ici, votre Adalgo! protesta Lorna.

– Sans blagues! Tu veux me faire croire que ton mari a des secrets pour une jolie fille comme toi! Vas-y, tiens-la, toi!

Le foulard rouge glissa son arme dans la poche et, de ses mains gantées, saisit les deux bras de Lorna, les tordit violemment et les ramena en arrière avec une brutalité qui arracha un cri à la jeune femme. Le foulard blanc s'avança alors, prit une écharpe multicolore dans sa poche et la noua étroitement sur la bouche et le nez de Lorna, écrasant ses lèvres contre ses dents, bloquant ses narines, l'empêchant de respirer.

Puis les deux hommes ligotèrent ses bras nus, se reculèrent de quelques pas et attendirent, immobiles et silencieux.

Suffoquée, Lorna se sentit vaciller.

Les deux hommes la regardaient, une lueur cruelle dans leurs yeux sombres. Elle perdit l'équilibre, essaya de se redresser, mais tomba lourdement sur le sol. Les deux hommes ne bronchèrent pas. Lorna se tordit dans un effort désespéré pour reprendre sa respiration; son chignon se défit soudain, et sa chevelure noire se répandit sur ses épaules.

– Beaux cheveux! dit le foulard rouge.

Il fit trois pas en avant, se baissa, empoigna les boucles sombres et traîna la jeune femme derrière lui à travers la pièce. Lorna eut l'impression qu'on lui arrachait lentement la tête. Un brouillard rouge passa devant ses yeux et elle se mit à hurler...

Le bâillon était savamment assujetti : on n'entendait pas le moindre son.

Le foulard blanc s'approcha lui aussi, saisit les chevilles de Lorna et les deux hommes jetèrent la jeune femme sur le premier divan venu, avec autant de précaution que s'il s'agissait d'un sac de farine. La longue robe blanche se releva, découvrant les jambes de Lorna, et ses pieds nus dans des sandales.

– Et belles jambes aussi ! dit le foulard rouge.

– Ça va, toi ! grommela le foulard blanc. Tu n'es pas là pour t'amuser !

S'approchant de la jeune femme, il rabattit sa robe d'un geste rapide, puis dénoua sans douceur l'écharpe multicolore et la glissa dans sa poche. Lorna crut qu'elle n'arriverait jamais à reprendre sa respiration. Ses poumons la brûlaient atrocement, ses lèvres et ses narines étaient en sang et elle avait l'impression d'être coiffée d'une calotte de flammes.

– Alors, dit lentement le foulard blanc, tu nous le donnes, ce morceau de verre ?

Lorna ferma les yeux. L'homme la gifla posément : une fois, deux fois.

– Regarde-moi. Où est l'Adalgo ?

Derrière ses paupières closes, Lorna essayait de réfléchir. Si John la voyait dans cet état, il n'hésiterait pas et lui ordonnerait de parler.

– Je te donne soixante secondes pour te décider, poursuivit la voix grave.

Lorna ouvrit les yeux. Le foulard rouge plongea la main dans sa poche et en retira un très long couteau à cran d'arrêt. D'un geste, il l'ouvrit. Une lame brillante et fine apparut. Lorna se sentit incapable de résister plus longtemps. D'une voix sourde, elle murmura :

– Dans le bureau, il y a un coffre-fort.

Le foulard blanc fit un geste impératif. La lame s'approcha de Lorna, qui se raidit et serra les dents. Mais le foulard rouge se contenta de trancher la cordelette qui meurtrissait cruellement les bras nus de la jeune femme. Le foulard blanc, lui, alla verser un peu de whisky dans un verre et l'apporta à Lorna. Elle but, toussa, crut qu'elle allait s'évanouir et se raccrocha machinalement au bras du foulard rouge. Celui-ci caressa les doigts pâles et fuselés et Lorna retira aussitôt sa main, avec un sursaut de dégoût.

– C'est fini, oui? gronda le foulard blanc. Quand nous aurons trouvé l'Adalgo, tu pourras faire ce qui te chante, pas maintenant!

D'une bourrade, il fit avancer Lorna :

– Conduis-nous au coffre-fort et vite... Et n'essaie pas de jouer au plus malin.

Lorna fit trois pas en chancelant :

– Tu veux mon bras? fit le foulard rouge.

Sans un regard pour lui, Lorna se dirigea vers le bureau.

S'approchant de la chaise ancienne, elle s'agenouilla et fit jouer l'un après l'autre les différents ressorts du coffre. Les deux hommes, debout derrière elle, silencieux, ne perdaient pas un seul de ses mouvements. Enfin, le dernier couvercle se souleva. Lorna eut un geste las :

– Voilà! Servez-vous...

Le foulard blanc prit un écrin au hasard : un bracelet de rubis apparut. L'homme eut un sifflement admiratif :

– Bonne surprise. Mais c'est l'Adalgo que je veux.

Se retournant vers le foulard rouge, il ordonna :

– Va chercher la serviette, toi.

Le foulard rouge disparut dans la direction du vestibule. Rassemblant tout son courage, Lorna leva de grands yeux implorants vers le foulard blanc et murmura faiblement :

– Vous n'allez pas me laisser seule avec lui?

L'homme, qui ouvrait méthodiquement tous les écrins, haussa les épaules :

– Il est majeur, non? S'il veut rester ici... Moi, pourvu que j'aie l'Adalgo...

Le foulard rouge revenait, une serviette de cuir à la main. Son acolyte lui montra le petit écrin rouge où John avait rangé le diamant apporté par le pudding cet après-midi même :

– Voilà le caillou!

– On emporte quand même le reste?

– Tu parles! Et comment...

Rapidement, les deux hommes vidèrent le contenu des écrins dans la serviette de cuir. De temps à autre, le foulard rouge jetait un coup d'œil à Lorna, toujours agenouillée... Eperdue de fatigue et de peur, la jeune femme crut qu'elle allait se mettre à hurler.

D'une voix indifférente, le foulard blanc remarqua :

– Je ne veux pas qu'elle donne l'alarme dès que tu auras le dos tourné. Tu l'attacheras solidement.

– Avec plaisir, ricana le foulard rouge.

D'un geste désinvolte, il releva légèrement son feutre marron. Son mouchoir glissa de quelques centimètres, découvrant l'attache d'un grand nez aquilin, des sourcils très arqués et des yeux, non pas sombres comme le croyait Lorna, mais d'un gris métallique.

C'est alors que la sonnette de la porte d'entrée retentit, discrète, familière, merveilleusement rassurante.

V

Pendant un bref instant, Lorna crut que c'était Poids-Lourd, venu aux nouvelles; ou John qui avait oublié ses clefs. Mais elle perdit tout espoir en constatant que le coup de sonnette ne paraissait guère inquiéter les deux hommes. Le foulard blanc referma tranquillement la serviette de cuir et se contenta de déclarer :

– C'est Mac. On va voir ce qu'il veut?

Saisissant Lorna par le poignet, il l'obligea à se relever d'une secousse impérieuse; tous deux suivirent le foulard rouge qui, sans se presser, allait ouvrir la portée d'entrée. Un troisième homme, également masqué, entra rapidement et referma la porte derrière lui. Et le cœur de Lorna se remit à battre la chamade, car l'homme déclara aussitôt d'une voix haletante :

– Les flics sont là!

Le foulard blanc jura violemment :

– Où ça?

– Ils arrivent sur mes talons.

Le foulard blanc tendit la serviette de cuir à l'arrivant :

– Tiens-moi ça.

Puis il lâcha le poignet de Lorna et, sans un mot, frappa violemment la jeune femme de son poing droit. Le coup atteignit Lorna à la mâchoire. Elle poussa un gémissement étouffé et sentit presque aussitôt un autre coup, exactement au même endroit. Un voile noir l'enveloppa et elle se laissa glisser à terre, inconsciente.

– Dommage! murmura l'homme au foulard rouge.

Le foulard blanc haussa les épaules et dit paisiblement :

– Je passe devant. Vous autres, filez par la cuisine. Rendez-vous à Putney.

– Si on arrive! grogna Mac.

Et il disparut vers la cuisine, suivi du foulard rouge.

Sans un regard pour Lorna, toujours inerte, le foulard blanc éteignit la lumière du petit vestibule et ouvrit la porte. L'appartement des Mannering était situé au troisième et dernier étage d'un pittoresque immeuble de Chelsea, dont tous les paliers avaient été transformés par les locataires respectifs en autant de charmants petits halls, simplement mais élégamment meublés. Les escaliers étaient plongés dans l'obscurité, mais tout en bas, des voix masculines se faisaient entendre. L'homme comprit que la police conférait dans le hall d'entrée et décida de mettre à profit ce conciliabule.

Il saisit son revolver de la main droite, une torche électrique de la gauche et descendit silencieusement deux étages. Sur le palier du premier, une table Louis XIII était flanquée de deux grands fauteuils d'époque. L'homme se glissa rapidement sous la table et attendit.

La police ne tarda pas à arriver, Bristow en tête, puis Poids-Lourd, suivi de deux détectives en civil et de deux policiers en uniforme. Ils passèrent sur le palier du premier étage sans un coup d'œil vers la table sous laquelle l'homme se tenait immobile, l'arme au poing, prêt à tirer. Puis l'homme, tendant l'oreille, les entendit tambouriner à la porte des Mannering. Sans bruit, il quitta son abri improvisé et descendit l'escalier. Comme il allait atteindre le rez-de-chaussée, une porte s'ouvrit brusquement, laissant apercevoir un vestibule brillamment éclairé. Une jeune femme en blouse de toile grise, les mains maculées de glaise – l'immeuble n'était habité que par des artistes – apparut sur le seuil, leva les yeux, et poussa un hurlement strident.

Dans la rue, un agent faisait les cent pas. Il se précipita aussitôt. Sur la première marche de l'escalier, l'homme au foulard blanc se tenait immobile, braquant son arme droit devant lui.

– Ne fais pas l'idiot! dit calmement l'agent, saisissant son bâton.

La femme se remit à crier. On entendit des pas qui dévalaient les escaliers. L'agent avança d'un pas ferme vers l'homme toujours immobile, en ordonnant de la même voix calme et certaine d'être obéie :

– Jette ton feu. Sans ça tu vas t'attirer des ennuis!

L'homme au foulard blanc ricana, puis tira. Une fois. Deux fois.

La femme se tut.

L'agent laissa tomber son bâton, porta la main à son estomac avec une grimace étonnée et s'écroula pesamment sur le sol. L'homme au foulard se rua alors en avant, enjambant le corps du blessé. Celui-ci leva une main impuissante pour retenir son meurtrier, puis la laissa retomber : il était mort.

Devant la porte, une voiture de police stationnait, vide de tout occupant. L'homme y sauta, tâtonna quelques secondes avant de trouver le contact et parvint à démarrer avant que les policiers qui accompagnaient Bristow soient arrivés en bas. Au bout de la rue, un gardien de la paix siffla de toutes ses forces. Mais la voiture était déjà loin. Ecrasant l'accélérateur, l'homme se dirigea tout droit vers le quai de Chelsea, dans la direction de Putney Bridge. Tenant son volant d'une main, il dénoua son foulard de l'autre, dévoilant un visage aux lèvres cruelles, au teint mat et basané. Soudain, devant lui, il aperçut une petite Austin grise qui roulait doucement. C'était « Mac » et son compagnon. La voiture de police se rapprocha de l'Austin et roula pendant quelques secondes à hauteur. D'abord surpris, les occupants de l'Austin ralentirent. Profitant d'un moment où la rue était absolument déserte, l'homme au foulard blanc, qui avait dépassé l'Austin, s'arrêta brusquement, bondit hors de la voiture de police et sauta dans celle de ses complices. Les trois hommes roulèrent quelques instants en silence. Puis « Mac » demanda :

– Ça s'est bien passé, patron?

– Pour moi, oui! répondit l'homme au foulard blanc avec un rictus méchant.

L'Austin atteignit Putney Bridge sans encombre, s'engagea dans High Street et s'arrêta devant une grosse Bentley noire qui stationnait le long du trottoir. Au volant, un chauffeur en livrée fumait d'un air paisible. Les trois hommes abandonnèrent l'Austin grise, volée deux heures auparavant devant un théâtre, et montèrent dans la Bentley qui s'éloigna sans se presser dans la direction de Putney Hill.

Pendant ce temps, l'affairement était grand au n° 11 B, Green Street, Chelsea, et l'inspecteur Tring, dont le coup de téléphone avait provoqué l'arrivée de Bristow et de ses hommes, était extrêmement fier de lui.

Lorque la jeune femme du rez-de-chaussée avait commencé à crier, Tring était en train de tambouriner à la porte de Mannering, tandis que Bristow sonnait sans discontinuer. Sur l'injonction du superintendant, Tring dévala les escaliers, suivi des deux hommes en uniforme. Bristow, faisant violence à sa courtoisie habituelle, se mit à hurler :

– Ouvrez, bon Dieu, Lorna!

Arrivé en bas, Tring trébucha sur ce qui n'était plus que le cadavre de l'agent... Appuyée au chambranle de sa porte, la jeune femme sanglotait éperdument. Tring se pencha et, avec une rapidité bien rare chez lui, chercha le pouls de l'homme. Les deux policiers en uniforme se précipitèrent dans la rue pour voir démarrer la voiture de patrouille qui les avait amenés.

Là-haut, Bristow, entendant les deux coups de feu, se décidait à ordonner :

– Enfoncez-moi cette porte, vous deux! Et faites attention à ce que vous trouverez derrière. Je remonte tout de suite.

Les deux détectives en civil obéirent sans perdre une seconde. Bristow descendit quatre à quatre les escaliers pour trouver Tring et un policier penchés sur un corps immobile, un autre policier debout dans l'embrasure et visiblement dépassé par les événements, et une jeune femme en proie à une crise de nerfs. Dans la rue, on entendait de furieux coups de sifflet.

– Ils ont fauché la voiture, monsieur! dit le second policier.

Sans répondre, Bristow s'approcha de la jeune femme et posa doucement la main sur l'épaule secouée de sanglots en demandant :

– Où est votre téléphone?

La jeune femme eut un geste vague vers le vestibule illuminé et Bristow se dirigea vers l'appareil. Il demanda un médecin, une ambulance, signala la disparition de la voiture de police et revint dans le hall.

Tring s'était relevé.

– J'ai demandé un médecin, dit Bristow.

Mais l'inspecteur secoua la tête d'un air sombre :

– Pas la peine, monsieur. Ils l'ont eu. Et là-haut? Vous avez vu Mrs Mannering?

Sans mot dire, Bristow se détourna et remonta les trois étages à grandes enjambées. Si Lorna, comme le prétendait Tring, n'était pas sortie avec John, si elle était restée dans l'appartement, pourquoi ne répondait-elle pas? Si ce n'est parce que les tueurs l'avaient fait taire, de la même manière qu'ils avaient obligé l'agent à les laisser passer.

La porte de l'appartement des Mannering béait,

gonds arrachés. Bristow entra précipitamment. Dans le salon, un détective tendait un verre d'eau à Lorna, écroulée dans un grand fauteuil. Le superintendant sentit sa gorge se serrer : le visage de la jeune femme, mortellement pâle, était balafré de traces sanglantes, ses lèvres tuméfiées, ses yeux brillants de fièvre, ses cheveux défaits. Sur son épaule, une longue mèche noire pendait, arrachée. Bristow poussa une exclamation où la colère se mêlait à la pitié. Lorna lui sourit, d'un pauvre sourire courageux et pathétique. Puis elle avala une gorgée d'eau.

– Dans quelle aventure imbécile John vous a-t-il encore entraînée? dit Bristow d'une voix rogue.

– Ce n'est pas sa faute..., murmura Lorna avec effort.

– A d'autres, Lorna! Qu'est-ce qu'il manigance?

Malgré son épuisement, Lorna releva un menton décidé et dit fermement :

– Je n'en sais rien, Bill.

– Tête de mule! maugréa Bristow. Voulez-vous que le médecin monte vous voir quand il arrivera?

– Non. Je vais très bien.

– Façon de parler!

Les joues de la jeune femme reprenaient lentement leurs couleurs. Elle regarda Bristow avec lassitude :

– Un médecin... Il y a des blessés?

– Non, dit sèchement Bristow. Il y a un mort! Un brave type, père de famille, naturellement! Abattu à bout portant. On peut dire que John...

– On peut dire que John n'y est pour rien! Allez donc jeter un coup d'œil dans son bureau, au lieu de l'accuser gratuitement.

Bristow passa dans le bureau attenant, vit la chaise ancienne, son siège relevé, le coffre-fort ouvert et les écrins vides. Ainsi Lorna avait reçu la visite de cambrioleurs, qui l'avaient obligée à ouvrir le coffre...

Et pour s'emparer de quelques bijoux, ils n'avaient

pas hésité à abattre froidement un inconnu... Pour Bristow, les diamants et les rubis n'étaient jamais que de simples cailloux qui finissaient tôt ou tard par attirer de sérieux ennuis à leurs propriétaires et, partant, à la police. Par contre, il avait un profond respect pour toute vie humaine et se refusait à admettre, même après trente années de service, que l'on tire sur un agent de la police anglaise, c'est-à-dire sur un homme notoirement désarmé... Il revint donc dans le salon, accablé et furieux.

– Alors? lança Lorna, agressive. Vous êtes convaincu? A moins évidemment que vous ne soupçonniez John de se cambrioler lui-même...

Tring entra et, après un regard consterné sur le visage de Lorna, annonça timidement :

– Les photographes sont là, monsieur. Les nôtres, et les autres... ceux des journaux.

– Faites monter les nôtres. Quant aux autres, qu'ils m'attendent. Mais en bas! dit Bristow, bien décidé à passer sa colère sur ces messieurs de la presse.

Tring jugea plus prudent de s'esquiver et Bristow se tourna vers Lorna :

– Si vous n'êtes pas trop fatiguée, j'aimerais que vous essayiez de me décrire ces salauds.

– Ils étaient masqués, Bill, dit la jeune femme avec un geste impuissant.

Mais son esprit professionnel reprit le dessus, et elle décrivit minutieusement l'homme au foulard rouge, entrevu pendant quelques brèves secondes :

– Je pourrai même vous le dessiner tout à l'heure, quand je serai d'attaque. Mais pour l'autre, ce sera moins commode. Je n'ai vu qu'un foulard blanc, un chapeau et des gants. Pourtant sa silhouette était assez caractéristique. Il était absolument carré.

– Carré?

– Oui, carré. Aussi large que haut, trapu, ramassé. Un véritable pot-à-tabac.

Elle raconta la façon dont les deux hommes

l'avaient maltraitée, en détail, sans oublier de mentionner leur accent étranger. Bristow, impassible, prenait des notes. La déposition de Lorna fut une merveille de précision et d'exactitude. Pourtant, pour rien au monde, elle n'aurait pu faire part à Bristow de l'attitude de l'homme au foulard rouge... ni lui dire que seule l'arrivée de la police l'avait sauvée d'un affreux tête-à-tête avec lui. Elle se demanda rapidement si elle aurait le courage d'en parler à John... Dans quelque temps peut-être? Certainement pas ce soir! Subitement, elle sentit une immense fatigue l'envahir et ferma les yeux, épuisée. Bristow se leva :

– Je vais voir les journalistes, Lorna. Reposez-vous. Je remonte dans quelques instants.

En bas, les journalistes discutaient, essayant vainement d'arracher une information quelconque à Tring, qui se contenta de leur apprendre sa récente promotion. Bristow résuma brièvement l'affaire : des inconnus avaient cambriolé l'appartement des Mannering et brutalisé Mrs Mannering pour obtenir d'elle qu'elle ouvre le coffre-fort. Non, elle n'était pas blessée. Quand il disait « brutalisée » cela ne voulait pas dire « blessée »! Si des journalistes n'étaient même pas fichus d'avoir un vocabulaire précis... Oui, les voleurs avaient trouvé les bijoux. Oui, ils les avaient emportés! En général, quand on se donnait la peine de cambrioler un appartement, ce n'était pas pour laisser les bijoux sur place, non? Non, il n'avait pas la liste. Mrs Mannering n'était pas en état de la lui donner.

– Et encore moins de vous recevoir! tonna-t-il.

– Ça va, Bill... dit un jeune homme blond, à l'allure nonchalante... Nous connaissons tous bien Mannering. Nous n'avons pas l'intention d'aller embêter sa femme. Dites-moi, elle a eu de la chance de s'en tirer comme ça!

– Oui, dit Bristow, l'air sombre. Harris a eu moins

de chance, lui. Quinze ans de service, marié, deux enfants.

Le jeune homme blond demanda négligemment :

– Et John Mannering n'était pas chez lui, Super?

– Apparemment non! fit Bristow, l'air excédé.

– Où peut-il bien être à cette heure-ci?

– Au diable, probablement! Vous devriez aller le chercher, Forsythe, je crois que vous connaissez bien le chemin!

– Vous êtes de très mauvais poil, Bill, remarqua posément le jeune homme blond. Vous êtes bien certain au moins qu'on n'a pas esquinté Mrs Mannering?

– Je suis certain qu'on a tué un de mes hommes. Ça ne vous suffit pas? Bonsoir, messieurs!

Et il remonta les trois étages. Lorna était allée se recoiffer, passer un peu d'eau sur son visage, un peu de rouge sur ses lèvres douloureuses et troquer sa robe blanche déchirée et froissée contre un peignoir en épais lainage bleu pâle. Elle tendit un verre de whisky à Bristow :

– Je n'y comprends rien, Bill : je suis gelée. Je sais bien que vous êtes en service, mais j'ai horreur de boire seule...

Bristow accepta :

– Et maintenant, Lorna, cessez de jouer les lionnes défendant leur lionceau. John est parfaitement capable de se débrouiller tout seul. Alors dites-moi où il est.

– Je n'en ai pas la moindre idée, dit posément Lorna.

– Comment a-t-il pu vous laisser toute seule?

– Notre bonne est sortie et John ne pensait vraiment pas sortir lui aussi! D'ailleurs je suis souvent toute seule ici! Qui aurait pu supposer...

– Pourquoi John est-il sorti? coupa Bristow, implacable...

– Eh bien, il a suivi une femme. Mais si, je vous

assure! Et comme vous le connaissez bien, vous vous doutez que c'est une très jolie femme.

Malgré sa fatigue et sa colère, Bristow ne put retenir un sourire :

– Le contraire m'aurait étonné. Chaque fois que John s'embarque dans une aventure insensée, on tombe aussitôt sur une paire de jolies jambes!

– Et de très beaux yeux, aussi. Bleus. Je vais vous raconter cela, Bill. Mais d'abord, expliquez-moi comme vous êtes arrivés tellement à propos.

– C'est une conséquence indirecte de la récente promotion du sergent Tring au grade d'inspecteur, ma chère amie.

– Tring? Inspecteur? Quelle bonne nouvelle! s'exclama joyeusement Lorna. John va être ravi.

– Je n'en suis pas tellement sûr, dit Bristow, mi-figue, mi-raisin. Car le nouvel inspecteur a pris une grande décision. Il veut terminer sa carrière en beauté, et arrêter... devinez qui... le Baron!

– Je ne vois pas du tout le rapport avec ma question, dit Lorna d'un air très détaché.

– Tant mieux, tant mieux! J'espère pour vous que vous ne le verrez pas de sitôt... Toujours est-il que Tring se promenait sous vos fenêtres... A propos, il n'est pas content de vos nouvelles fréquentations, Tring. Je suppose que vous savez que Josh Larraby sort de prison?

– Bien sûr! dit Lorna en levant les épaules. Cela vous contrarie que je lui donne sa chance? Une chance de ne plus jamais y remettre les pieds, en prison?

– Nous parlerons de Larraby tout à l'heure, ma chère. Je vous disais donc que Tring a remarqué vos visiteurs. Une jeune fille d'abord, en voiture. Puis trois hommes également en voiture. Il a également vu que John s'en allait, peu avant l'arrivée des trois hommes... Et il s'est dit qu'il valait peut-être mieux me prévenir d'urgence. Mais pour Tring, l'urgence est une notion très relative... Et je suis arrivé trop tard. Vos bijoux ont disparu, Lorna.

– Oh! tout cela aurait pu être bien pire, dit Lorna qui n'avait jamais accordé beaucoup d'importance aux merveilleux joyaux que collectionnaient son père, puis son mari. Mais ce ne sont pas mes bijoux que voulaient ces hommes. Bill, c'est l'Adalgo... si toutefois ce nom vous dit quelque chose!

– L'Adalgo! Mais il est chez Quinn's, non?

– D'après John, oui...

Et Lorna raconta au superintendant l'histoire du « diamant sanglant » et de ses nombreux sosies. Elle mentionna la visite du Pudding, puis la singulière attitude de Marjorie Addel, enfin la substitution opérée par John :

– Et miss Addel est partie fièrement avec une pierre fausse à la main, conclut Lorna. Vous voyez que John n'est pas aussi nigaud que vous le dites!

– Il est même beaucoup trop malin pour mon goût, ma chère...

Une voix inquiète résonna dans le hall :

– Mrs Mannering est dans le salon, monsieur. Tout va bien maintenant...

John fit irruption dans la pièce et, sans un coup d'œil pour Bristow, se précipita vers Lorna qui s'était levée, un radieux sourire sur son visage encore tuméfié. Il examina attentivement les lèvres écorchées, les yeux trop brillants, les pommettes trop rouges, puis obligea doucement la jeune femme à se rasseoir.

– Je n'aurais jamais dû sortir! murmura-t-il, atterré.

Bristow bondit aussitôt :

– Pour une fois, je vous entends dire quelque chose de sensé! Vous vous attendiez donc à du grabuge, ce soir?

– Tiens, vous êtes là, vous? Je suppose que vous êtes arrivés trop tard, vous et vos carabiniers, comme d'habitude...

– Nous sommes arrivés avant vous, en tout cas! dit sèchement Bristow. Je vous ai posé une question, Mannering : vous vous attendiez à un coup dur?

– Elle est idiote, votre question, Bill, répliqua John en allant se verser à boire. Si j'avais eu le moindre soupçon, je n'aurais pas laissé Lorna toute seule ici! Mais racontez-moi d'abord ce qui s'est passé.

Bristow fit un récit détaillé des événements, sans oublier la version de Lorna. John l'écoutait, le visage grave, sans pouvoir détacher son regard des lèvres écorchées et des joues meurtries de sa femme. Quand le superintendant eut terminé, Mannering soupira :

– Cette fois, on dirait que nous sommes en plein dans la bagarre! Bill, je vous serais reconnaissant d'avoir le triomphe modeste, mais je dois avouer que j'aurais dû vous parler de toute cette histoire. D'autant plus que je m'étais bien promis de le faire. Je ne m'attendais pas à ce qu'ils attaquent aussi rapidement.

Et Mannering alluma une cigarette, tout en remarquant avec un petit rire sans gaieté :

– Quand je pense que j'étais paisiblement en train de me perdre dans la campagne, pendant qu'ici... Comme Lorna vous l'a dit, j'ai suivi miss Addel. Elle m'a emmené jusqu'à Guilford. C'est un coin que je connais mal et, une fois là-bas, elle m'a semé sans difficulté.

– Elle s'était donc aperçue que vous la suiviez? dit Bristow, ironique. Je ne vous félicite pas : la prochaine fois, je vous donnerai un chauffeur expérimenté.

– Elle n'a probablement rien remarqué au début, mais son petit ami se sera chargé de le lui dire.

– Son petit ami? s'étonna Lorna.

– Oui. Miss Addel s'est arrêtée non loin d'ici, sur le quai de Chelsea. Un homme l'attendait. Il est monté dans la voiture... et en route pour Guilford. Ils ont roulé bien gentiment, sans essayer une seule fois de me semer. Mais là-bas, subitement, notre donzelle et son acolyte se sont évanouis dans la nature. Il ne me reste plus qu'une petite satisfaction d'amour-propre, en songeant à leur tête quand ils se sont aperçus que la charmante Marjorie avait emporté une vulgaire imitation de l'Adalgo!

– Vous avez pu jeter un coup d'œil à l'homme?

– Impossible : chapeau et imperméable. Jeune probablement. Mais je suis certain que ce n'était pas Bray.

– Bray?

– Le visiteur de Lorna cet après-midi, celui qu'elle qualifie de pudding; à juste titre, d'ailleurs. C'est un lapidaire de second ordre.

– Bray...

Bristow réfléchissait rapidement :

– J'y suis : Henrietta Street. Bonne réputation. Honnête. Mais il a pris un sérieux bouillon récemment. Il vous l'a dit?

– Ce sont des choses que les lapidaires disent le moins possible, Bill. J'ai vu Bray une fois ou deux seulement, mais il avait l'air préoccupé, et très pressé de vendre l'Adalgo. Maintenant c'est à moi de parler. Je vais donc vous raconter l'histoire de ce maudit caillou. Lorna, vous la connaissez déjà; vous feriez peut-être mieux d'aller vous reposer?

Lorna secoua la tête sans répondre et John se mit à parler. Bristow l'écouta, absolument impassible.

– Ce qui m'étonne le plus dans votre histoire, John, conclut-il lorsque Mannering se tut, c'est que l'on soit arrivé à imiter le reflet rose de l'Adalgo. Vous savez certainement que c'est impossible.

– Ça l'était, oui. Peut-être a-t-on trouvé un nouveau procédé...

– Mais pourquoi avez-vous exposé l'Adalgo dans votre vitrine, gronda le superintendant. C'est vraiment tenter le diable!

– Je ne vous donne pas tout à fait tort, confessa John avec une petite grimace embarrassée. Mais avouez que l'Adalgo me fait une drôle de publicité. Et comme je suis commerçant dans l'âme, maintenant...

– A d'autres, coupa Bristow, qui connaissait bien son homme. En réalité, vous espérez attirer les possesseurs des autres « Adalgo », vrais ou faux, et, une fois de plus, vous mêler d'une histoire qui ne vous concerne absolument pas.

– Comment, qui ne me concerne pas! Mais elle concerne toute la profession, mon cher. Vous oubliez que je suis antiquaire...

– Je voudrais bien que vous ne l'oubliiez pas vous-même, Mannering, gronda le superintendant. Nous savons parfaitement, au Yard, que vous avez reçu de nombreuses visites, ces derniers temps. Et pas seulement chez Quinn's! Ici aussi.

– Ne vous inquiétez pas pour l'Adalgo, Bill. J'ai fait équiper Quinn's de systèmes d'alarme perfectionnés. Je ne vois pas un casseur à Londres qui soit capable de venir à bout du coffre-fort de la boutique.

– Sauf le Baron, naturellement, remarqua Bristow.

– Naturellement, dit John avec un sourire candide. Mais comme le Baron a pris sa retraite, l'Adalgo est en sûreté.

Un silence tomba. Lorna était partagée entre l'envie de rire franchement et une sourde inquiétude. Pourquoi Bristow faisait-il allusion au Baron?

Soudain le superintendant demanda :

– Et Josh Larraby? Qu'est-ce que vous voulez en faire? Vous avez rendez-vous avec lui ce matin même.

– Fichtre! sourit John. Vous êtes bien renseignés au Yard. Mais ce n'est pas moi qui ai rendez-vous avec Larraby, c'est Lorna.

– Lorna?

– Mais oui! Elle veut faire son portrait et je ne vous conseille pas de la contrarier. Elle lui trouve un regard brumeux et un visage mystérieux dignes de son pinceau.

– C'est vrai, Lorna? Ou bien John a-t-il encore une sombre idée derrière la tête?

– C'est parfaitement exact, dit Lorna. Je peux même vous montrer une esquisse de Larraby...

– Et d'après vous, John, pourquoi Larraby est-il venu chez Quinn's?

– Pour mieux admirer l'Adalgo. Je ne plaisante pas, Bill, c'est la stricte vérité. Je vous assure que Larraby est absolument hors du circuit et n'intéresse que Lorna... à titre professionnel, je l'espère! Il vaudrait mieux parler de la ravissante miss Addel, et de sa boutique de modes. Vous la connaissez, Lorna, cette boutique?

– Vaguement, dit Lorna.

– Ça ne m'étonne guère, soupira John. Mrs Mannering s'habille presque exclusivement à Paris, Bill... La boutique existe donc, et nous pouvons aisément retrouver miss Addel. Mais je voudrais vous donner mon avis; évidemment, vous agirez comme bon vous semble...

– C'est encore heureux! dit le superintendant.

– Si Lorna a reçu ce soir une aussi... fâcheuse visite, c'est à cause de l'Adalgo. Et c'est également l'Adalgo que Marjorie Addel venait chercher ici. Or, ni la jeune fille ni les gangsters n'ont pensé que le diamant pourrait être chez Quinn's. Ce qui tendrait à prouver qu'ils ont une source d'information commune. Votre meilleure chance de découvrir le tueur qui a descendu votre homme, c'est de s'occuper de miss Addel. C'est-à-dire de la laisser absolument tranquille! Vos hommes – Tring entre autres – ont une façon bien à eux de surveiller les boutiques. Même une innocente comme miss Addel ne s'y laissera pas prendre. Il vaut mieux qu'elle ne sache pas que vous la soupçonnez...

– Je connais mon métier, dit Bristow en se levant. C'est tout ce que vous avez à me dire, John?

– Pour le moment, oui. Mais il va sans dire que je vous tiendrai au courant de tout ce que j'apprendrai...

– Vous ferez bien, dit Bristow en se levant. Et vous feriez encore mieux de vous en tenir là, John. Vous nous avez souvent donné de sérieux coups de main et rendu de grands services. Mais dans cette affaire, je n'ai absolument pas besoin de vous et je ne veux à aucun prix que vous veniez embrouiller les pistes et les cartes. Et encore moins que vous vous livriez à ces petits tours de passe-passe qui ont fait la réputation du Baron. Même si vos intentions sont excellentes.

– Je vois que vous n'abandonnerez jamais votre marotte, soupira Mannering, une lueur moqueuse dans ses yeux bruns.

– Je ne suis malheureusement pas le seul à avoir cette marotte, mon cher. Personnellement, j'aurais plutôt tendance à vous croire définitivement assagi. Mais je dois vous avertir que Poids-Lourd vient d'être nommé inspecteur et qu'il a décidé de finir en beauté, par la capture du Baron. Ni plus ni moins.

– Poids-Lourd inspecteur! Et vous ne m'en disiez rien!

John se leva et se précipita hors de l'appartement, suivi par le regard ahuri du superintendant.

– Nom de Dieu! Mes excuses, Lorna, mais votre mari n'a pas fini de me sidérer. Il a probablement perdu une fortune ce soir, mais ne va même pas jeter un coup d'œil sur son coffre-fort pour voir ce qu'on lui a pris! Non, tout ce qu'il trouve à faire, c'est de se précipiter comme un collégien pour féliciter Poids-Lourd.

Lorna eut un petit rire ironique :

– Je vous avais dit que John serait enchanté, Bill! Et d'autre part, il sait bien qu'il retrouvera les bijoux... tôt ou tard!

VI

Dans la voiture qui les ramenait à Scotland Yard, Bristow et Tring restèrent un long moment silencieux. Le superintendant paraissait plongé dans de profondes réflexions. Poids-Lourd, lui, était en proie à des sentiments contradictoires, chose qui lui arrivait rarement, pour ne pas dire jamais. En effet, si un coup de téléphone avait sauvé Lorna Mannering, il avait coûté la vie à Harris. Tring ne savait donc plus s'il fallait le déplorer ou s'en féliciter et, pour se rassurer, se retranchait derrière une formule qu'il connaissait bien : j'ai fait mon devoir. Un soupir de Bristow vint interrompre ce débat moral :

– Sacré Mannering! Il ne changera jamais. Que vous a-t-il raconté, Poids-Lourd?

L'inspecteur expliqua, la mine déconfite :

– Il m'a félicité, monsieur. Il a dévalé trois étages en courant pour me féliciter. Ah! il me rend les choses bien difficiles. Le jour où il faudra que je l'arrête, je passerai un aussi sale moment que lui! Une fois encore, il a eu de la veine. Seulement, il n'en aura pas toujours, et alors...

– Poids-Lourd, vous vous êtes toujours trompé au sujet de Mannering, déclara Bristow gentiment. Il a peut-être de la chance, en effet. Mais pas plus que vous ou moi. Seulement, il est terriblement intelligent. Et surtout il possède au plus haut point un don assez rare : il sait se mettre dans la peau de ses adversaires – ou de ses victimes, lorsqu'il était encore le Baron. Il commence par les comprendre et, ensuite, agit exactement comme elles l'auraient fait elles-mêmes. Si bien qu'il les frappe toujours au point le plus vulnérable.

– C'est bien possible, murmura Poids-Lourd, pour qui ces subtilités étaient de l'hébreu.

– Ce soir, j'ai essayé d'intimider Mannering, poursuivit Bristow. Mais il savait que je bluffais. Il a parfaitement le droit de poursuivre une enquête personnelle et je ne peux pas l'en empêcher. Ce soir moins que jamais : n'oublions pas qu'il est victime d'un cambriolage.

– Le Baron cambriolé! On aura tout vu, maugréa Poids-Lourd. Savez-vous ce qu'il m'a proposé, monsieur? De travailler pour lui – oui, pour surveiller Quinn's – quand j'aurai pris ma retraite!

– Ah! l'animal. Il a du culot! dit joyeusement Bristow.

En d'autres termes, ce fut à peu près la conclusion du colonel Anderson Kerr, commissaire-adjoint du C.I.D., lorsque Bristow eut terminé son rapport. Le colonel avait horreur de la paperasserie et de la routine, mais appréciait vivement, par contre, les gens aux méthodes efficaces, sinon orthodoxes. Bristow l'avait aisément convaincu que le Baron avait pris sa retraite et que la police, ne pouvant pas reprocher quoi que ce soit à John Mannering, ferait tout aussi bien d'entretenir des relations cordiales avec un homme aussi utile et, de plus, gendre d'un membre du Parlement.

– Une fois de plus, monsieur, dit Bristow en allumant sa trentième cigarette de la journée, je crois que nous devrions laisser faire Mannering. Il connaît à fond son métier et le milieu dans lequel il vit maintenant. Personne ne pourra mieux nous renseigner que lui sur les aventures passées et à venir de l'Adalgo. En ce qui concerne miss Addel, par exemple, il a parfaitement raison : si nous appréhendons la jeune femme, ses complices se méfieront. Et elle a certainement des complices. D'après les Mannering, elle paraît plus sotte que dangereuse.

– Pour parler plus nettement, dit Anderson Kerr, amusé, vous estimez que cette jeune personne se méfiera moins de Mannering que de nous, et vous souhaiteriez que nous le laissions enquêter de son côté? Pourquoi pas? Seulement, n'oubliez pas qu'il y a déjà au moins un tueur dans cette histoire. Je ne voudrais surtout pas que l'aventure de ce soir se reproduise. L'appartement des Mannering est-il suffisamment surveillé?

– J'y ai mis deux hommes en permanence, monsieur.

– Eh bien nous allons donner sa chance à Mannering. Mais en sachant exactement ce qu'il fait, et où il va.

– J'aime mieux vous prévenir honnêtement, monsieur, que nous ne sommes jamais arrivés à filer Mannering pendant plus d'une heure ou deux! soupira Bristow.

Loin de se fâcher, le colonel sourit :

– Nous nous contenterons donc de surveiller Mrs Mannering, Bristow! Et maintenant filez vous coucher. Votre femme va commencer à s'inquiéter.

– Ce serait bien la première fois en vingt-cinq ans, monsieur.

Vers 8 heures le lendemain matin, Mannering se réveilla. A ses côtés, Lorna dormait encore, pâle mais paisible. John se pencha sur elle :

– Mrs Mannering! Je suis navré de vous réveiller, mais vous avez un rendez-vous à 9 heures!

Lorna ouvrit de grands yeux clairs et reposés, et murmura d'une voix ensommeillée :

– Moi? Un rendez-vous?

Soudain la mémoire lui revint; elle fronça les sourcils :

– Oh! John...

– Si tu veux, je dirai à Larraby que tu es souffrante.

Lorna se redressa brusquement et rejeta draps et couvertures :

– Souffrante! Je me porte comme un charme et je meurs d'envie de me mettre au travail. D'abord, pendant que je travaillerai, je ne penserai pas à toi et à tout ce que tu peux manigancer de dangereux!

– Parce que, quand tu ne travailles pas, tu penses à moi? dit John en attirant sa femme à lui pour l'embrasser.

Lorna se dégagea au bout de quelques secondes :

– Tu sais bien que Judy va nous apporter notre thé, chéri...

– Et alors? Tu ne veux pas qu'elle sache la vérité : que je t'adore, plus que tout au monde...

– Plus que l'Adalgo? dit Lorna, se levant et disparaissant dans la salle de bains.

– Plus que l'Adalgo, dit fermement Mannering. Plus que tous les Adalgos réunis. Ce qui fait pourtant pas mal de monde! D'abord, as-tu déjà essayé d'embrasser un diamant? C'est très décevant, tu sais! Tandis que toi... Surtout le matin, quand ce satané problème de rouge à lèvres ne se pose pas encore...

Se levant lui aussi, il se dirigea vers la porte de la salle de bains et dit très fort :

– Lorna, tu veux que je laisse tout tomber? Tu n'as qu'à dire un mot. Je confie l'Adalgo à ce pauvre Stearn, et miss Addel à Bristow. Et nous partons faire un petit tour en France. D'accord?

– Absolument pas! s'écria Lorna. Un petit tour en France avec un mari distrait, et aussi préoccupé que moi lorsque je n'avais pas encore trouvé ce merveilleux Larraby!

– Dis-moi, espèce d'intoxiquée du pinceau, c'est

pour me faire plaisir ou pour te livrer à ta passion que tu veux rester à Londres?

Un léger coup à la porte dispensa Lorna de répondre. Judy, la bonne des Mannering, rousse, potelée, et infiniment sotte, apportait deux tasses de thé.

– Bonjour, Judy! dit Mannering. Vous allez nous préparer un petit déjeuner monstre. En échange, vous aurez droit au récit complet de nos aventures...

Pendant le petit déjeuner, John commenta les journaux du matin tout en engloutissant une impressionnante quantité de nourriture.

– Dépêche-toi, chéri. Ou alors tu finiras sans moi, dit Lorna. Josh ne va pas tarder à arriver...

– Parce que tu en es déjà à « Josh »! Seulement tu ne réfléchis pas plus loin que le ravissant bout de ton ravissant nez. Je veux que Josh nous trouve en train de déjeuner, précisément. Cela nous permettra de lui proposer tout naturellement une tasse de thé, et surtout un solide accompagnement dont il a certainement le plus grand besoin.

Attendrie, Lorna sourit. Mais John enchaîna :

– Maintenant, parlons affaires. Ou bien je connais mal mon Bristow, ou bien il va me laisser la bride sur le cou.

– Espérons que ce ne sera pas une corde pour te pendre, dit Lorna avec une grimace moqueuse. Et pourquoi Bristow te laisserait-il une fois encore fourrer ton nez dans une affaire qui ne te concerne pas, d'après lui?

– Parce qu'il espère que je ferai parler miss Addel, et qu'ensuite, séance tenante, je décrocherai mon téléphone pour faire part au Yard de tout ce que j'ai appris.

– Evidemment, si j'étais une jolie fille...

– Et où as-tu pris que tu n'es pas une jolie fille, grand Dieu!

– Non, moi, je suis une femme mariée, amoureuse

et fidèle. Une jolie fille, par définition, c'est libre comme l'air. Et toujours intéressée par un séduisant quadragénaire. Voilà pourquoi Bristow préfère que ce soit toi qui ailles trouver miss Addel! Quand je le verrai, entre nous, je lui dirai qu'il fait un drôle de métier... Mais de toute façon, je suis persuadée que miss Addel niera tout. Elle a un menton d'une rare obstination.

– Elle niera certainement, mais tu oublies qu'elle a signé un reçu. Il faudra bien qu'elle s'explique là-dessus. Et crois-moi, c'est par Marjorie et son petit ami que nous retrouverons les autres. Ils doivent grouiller comme un panier de crabes, maintenant qu'ils se sont aperçus de leur bourde. A l'heure qu'il est, l'Adalgo trône à nouveau dans la vitrine de Quinn's. Et nos lascars, eux, contemplent un très joli lot d'imitations variées – le diamant apporté par Bray excepté.

– Des imitations! protesta Lorna. Tu oublies mes bijoux, chéri...

– Pas du tout. Tes bijoux, mon ange, sont dans la chambre forte de ton honorable père. Depuis le jour précis où nous avons emménagé dans cet appartement.

Devant la mine ahurie de sa femme, Mannering éclata joyeusement de rire :

– Ton père estimait que Chelsea est un quartier des plus louches, où les bijoux risquent de disparaître presque journellement! Je dois avouer que je ne lui donne pas tort ce matin... Il a insisté pour faire faire des imitations – admirablement réussies, d'ailleurs. Et tu sais si ton père peut être convaincant, quand il le veut.

– Alors, depuis des mois, je me pavane avec des imitations aux doigts et au cou? dit Lorna indignée. Pourquoi ne m'as-tu rien dit, espèce de faux frère?

– Parce que tu es beaucoup trop franche, mon cœur. Tu aurais annoncé à tous les gens qui te complimentaient : « Vous savez, ce ne sont que des imitations! Les originaux sont chez mon père! » Et nous aurions eu bonne mine, lui et moi.

– Et moi, je devais avoir bonne mine...

– Toi? Mais tu pourrais porter des bijoux Burma, que les gens refuseraient de s'en apercevoir. Pour tout le monde, tu es auréolée d'un halo de bijoux...

– Pourquoi n'as-tu rien dit à Bristow, John?

– Parce que je veux garder un prétexte qui me permette de m'occuper de cette histoire. Si Bill m'embête, je lui dirai que c'est mon droit le plus strict que d'essayer de retrouver mon bien. Comme tes parents sont en Italie, je suis certain que personne n'ira dévoiler le pot aux roses d'ici quelques jours. Et dans quelques jours, tout sera terminé!

– Dieu t'entende! soupira Lorna.

Judy entra annonçant Larraby. Rasé, le clochard paraissait dix ans de moins que la veille. Mais il avait toujours son regard brumeux et son expression triste et mystérieuse. Il tenait un journal à la main et, dès son entrée, jeta un coup d'œil inquiet vers Lorna. Celle-ci lui sourit doucement, les yeux pleins d'intérêt et de compréhension, comme toujours lorsqu'elle se trouvait en face d'un être qui l'attirait et l'intriguait. A la vue du visage reposé de la jeune femme, Larraby poussa un soupir de soulagement. Mais il n'en fit pas moins la déclaration qu'il avait soigneusement préparée en venant :

– Mrs Mannering, je ne voudrais surtout pas que vous vous croyiez obligée de me faire travailler parce que j'ai une vie plutôt difficile en ce moment. J'ai lu le récit de votre aventure dans le journal et je m'attendais même à ce que Mr Mannering refuse de me recevoir. Je voudrais pourtant vous dire que je ne suis pour rien dans cette histoire.

– Mais nous le savons, Mr Larraby! s'écria Lorna.

– Merci, madame, dit Larraby, avec un petit signe

de tête très digne. Seulement, la police, elle, ne le sait pas. Et j'ai vu deux policiers dans votre immeuble.

– Croyez-vous qu'ils sont gentils de venir veiller sur nous! dit Mannering, désinvolte. Larraby, nous sommes affreusement en retard. Voulez-vous nous tenir compagnie? Thé ou café?

Sans la moindre gêne, Larraby s'installa aussitôt devant la table bien garnie, et John poursuivit :

– Mon cher ami, je vais vous mettre à l'aise. La police n'ignore pas que ma femme se propose de faire votre portrait, et n'y voit aucune objection. Pourquoi serions-nous plus catholiques que le pape?

Avec un sourire qui lui ôta dix autres années, Larraby attaqua les œufs brouillés que Judy déposait devant lui.

« Pourvu qu'il cesse de rajeunir, pensa Lorna. Sans quoi je vais être obligé de supprimer sa toison blanche! »

Quand Mannering démarra au volant de son Aston-Martin, une heure plus tard, un jeune homme vêtu de gris monta dans une Humber sombre et entreprit, sans le moindre espoir de suivre la longue voiture bleu-acier. Bristow avait prévenu son subordonné :

– Mac Kay, vous conduisez bien, mais Mannering conduit encore mieux. Et il a une voiture que nous ne pouvons pas nous offrir au Yard, du moins pas pour filer de simples particuliers. Donc, inutile d'essayer de le suivre s'il a décidé de vous semer. Vous y perdriez votre temps et l'argent du gouvernement!

Or, ce matin-là, Mannering avait précisément décidé de semer les hommes de Bristow et d'arriver chez miss Addel incognito et sans escorte. Il y réussit sans peine. Le 21, Lander Street, était une boutique discrète et anonyme comme il se doit. Rien dans la vitrine ne laissait deviner ce qui s'y vendait : seul, un énorme bouquet de roses et de delphiniums étalait son architecture savante. Mannering admira le bouquet, mais surtout, évalua en connaisseur le hanap ancien qui contenait les fleurs.

– Si la ravissante Marjorie veut à tout prix s'emparer de l'Adalgo, ce n'est certainement pas pour boucler ses fins de mois, se dit John en poussant la porte vitrée de la boutique.

Un rapide coup d'œil autour de lui confirma cette impression : moquette épaisse d'un tendre bleu lavande, tapis persans fanés à souhait, meubles Regency à l'acajou luisant, opalines. Et, partout, des fleurs... En s'installant, Marjorie Addel avait probablement décidé d'impressionner son éventuelle clientèle, pour la préparer ainsi à des factures en harmonie avec ce décor raffiné.

Une jeune femme de petite taille et extraordinairement mince s'avança vers John. Elle avait des pieds et des mains minuscules, de grands yeux noirs et un nez digne de figurer dans un musée. Ses cheveux noirs, strictement tirés en arrière, étaient noués en un énorme chignon. Elle ne portait pas le moindre bijou. Sa robe noire, aux longues manches étroites, paraissait d'une sobriété monacale, mais en réalité, sa coupe étudiée ne laissait rien ignorer de la taille de guêpe et du buste épanoui de la jeune femme. Le décor clair et luxueux faisait d'autant mieux ressortir cette sévérité voulue.

« Elle a bien de la classe pour une simple vendeuse, se dit John. Il est vrai que, dans la haute couture, les princesses et les comtesses se rencontrent à tous les coins de robe! »

La jeune femme avait toisé, dévisagé et catalogué Mannering. Avec un sourire aimable et indifférent, elle le salua d'une voix grave et très douce, où chantait un léger accent étranger.

« Ces pieds, ces mains, ces yeux... c'est une Espagnole ou une Italienne. Plutôt une Espagnole », se dit John avec un coup d'œil discret sur les petits pieds cambrés, chaussés de sandales très ajourées dont les talons n'avaient rien de britannique.

– Miss Addel n'est pas encore arrivée, disait la voix musicale. Mais elle ne va pas tarder. Voulez-vous l'attendre, monsieur?

Très digne, John s'installa sur une chaise fragile. Derrière lui, une jupe à volants vert pomme et un corsage blanc lui faisaient un cadre inattendu. La jeune femme s'éloigna et disparut derrière une porte située au fond de la boutique.

Quelques instants passèrent. On n'entendait pas un bruit et personne ne se montra : la jeune femme en noir exceptée, le magasin était probablement désert.

Puis, silencieuse et brillante, une grosse Bentley s'arrêta devant la porte. Une dame d'une cinquantaine d'années en descendit et entra dans la boutique. La jeune femme en noir apparut aussitôt comme un diable charmant sortant de sa boîte. La dame âgée s'avançait d'un pas décidé. Se levant, Mannering murmura à la jeune femme :

– Je crains de vous déranger... Pourtant j'aimerais beaucoup voir miss Addel.

La jeune femme hésita deux secondes, puis suggéra de sa voix douce :

– Vous pourriez peut-être l'attendre dans le bureau, monsieur? Par ici.

C'était exactement ce que souhaitait Mannering, qui passa dans un bureau sobrement meublé mais aussi fleuri que la boutique. La jeune femme en noir referma la porte et laissa Mannering maître des lieux. Elle avait un parfum à la fois chaud et discret, chose difficile à concilier. Presque aussitôt, la voix de la dame à la Bentley s'éleva, autoritaire et perçante. John avait en horreur ce genre de voix, mais aujourd'hui il y vit un signe des dieux : la cliente était certainement une enquiquineuse, et la vendeuse aurait vite oublié la présence de Mannering dans le petit bureau fleuri.

Sans hésiter, Mannering s'approcha d'un secrétaire

marqueté et ouvrit le premier tiroir. Il ne contenait que des papiers concernant la boutique : notes de fournisseurs, doubles de factures. Le secrétaire était ouvert. Sur l'abattant, recouvert de buvard vert, John aperçut plusieurs taches. Les unes bleues et violettes : des taches d'encre. Les autres d'un brun rougeâtre : des taches de sang.

Mannering poussa un petit sifflement joyeux. Comme il ne croyait guère aux coïncidences, la pensée que miss Addel aurait pu se couper le doigt en taillant un crayon ne lui vint même pas à l'esprit. Non, une fois de plus son instinct l'avait conduit sur la bonne piste. Pourvu que miss Addel et cette providentielle cliente lui en laissent le temps, il se faisait fort de découvrir ici des indices aussi intéressants pour lui qu'embarrassants pour la naïve Marjorie. Il pouvait faire confiance à la cliente : sa voix haut perchée s'élevait avec véhémence, interrompue de temps à autre par le contralto musical de la jeune femme, qui murmurait des « Modom » dignes d'une vendeuse de chez Dior. Puis les voix s'éloignèrent un peu, et John comprit que les deux femmes étaient passées dans un salon d'essayage, ce qui promettait de les occuper pendant un bon moment.

John se déganta rapidement et toucha du doigt les taches brunes. Elles étaient sèches. Baissant les yeux, il remarqua d'autres taches, minuscules mais très nettes, sur un petit tapis ivoire placé devant le secrétaire. Il se pencha : une partie assez importante du tapis était légèrement humide, comme si on l'avait lavé récemment.

Mannering se sentit de plus en plus joyeux : non seulement il y avait des taches de sang dans le bureau de miss Addel, mais on avait essayé de les faire disparaître.

Se regantant, il ouvrit tous les tiroirs du secrétaire : échantillons de tissus, lettres de clientes, croquis, photos de modèles parisiens, tout était parfaitement normal. Mais le dernier tiroir, fermé à clef, résista. John prit un canif dans la poche de son pantalon et, en trois gestes précis, fit céder la serrure. Le tiroir renfermait encore des lettres. Mais la première de ces lettres était rédigée sur un papier dont l'en-tête arracha à John un « Tiens! tiens! » victorieux. On lisait en effet :

BRAY et Cie
Diamantaires,
11 Henrietta Street. W. C. 2.

VII

La lettre était en réalité un billet fort laconique, où Bray, dont John reconnut la grande écriture arrondie, prévenait on ne sait qui, qu'il passerait dans la soirée à la boutique « comme convenu ».

Bray... Un joaillier en difficulté, à en croire Bristow. Bray, qui attendait peut-être fébrilement de toucher la commission que lui rapporterait la vente du pseudo-Adalgo... D'après Lorna, il paraissait mal à l'aise, inquiet et très pressé. John se promit d'aller faire un tour Henrietta Street dès qu'il en aurait fini avec ces mystérieuses taches de sang.

Refermant soigneusement le tiroir du secrétaire, John laissa la lettre de Bray sur l'abattant et remit à plus tard de décider s'il valait mieux l'emporter ou la laisser là. Puis il inspecta le parquet bien ciré du petit bureau. Une traînée mate, visible seulement pour un œil averti, conduisait du tapis jusqu'à l'unique fenêtre de la pièce, qui se trouvait à peu près en face de la porte donnant sur le magasin lui-même. Le parquet lui aussi avait été lavé, et on n'avait pas eu le temps de le cirer à nouveau. John s'approcha de la fenêtre, dont les carreaux dépolis laissaient passer une lumière dorée, et l'ouvrit toute grande. Sur la partie inférieure de l'encadrement, Mannering aperçut plusieurs égratignures : on avait frotté le bois peint avec du papier de verre très fin.

La fenêtre donnait sur une petite cour baignée de soleil, où quelques buis soigneusement taillés montaient la garde dans leurs baquets verts. Il n'avait pas plu depuis longtemps et le ciment de la cour était sec; pourtant une longue traînée sombre partait de la fenêtre pour conduire à une porte qui faisait face, de l'autre côté de la cour. Sur le bois vert bouteille, on lisait en lettres blanches : « Addel et Cie. Service ».

John enjamba la fenêtre, la referma derrière lui, traversa la cour et s'approcha de la porte verte. Elle était fermée à clef. D'un air très naturel, il regarda tout autour de lui et constata avec soulagement que les fenêtres qui donnaient sur la cour avaient toutes des vitres dépolies. A moins de malchance, on ne risquait donc pas de le voir. Un coup d'œil rapide à la serrure lui apprit également qu'elle était d'un modèle très simple et ne lui résisterait pas longtemps. Il prit son canif et se mit au travail. Quelques minutes plus tard, le pêne joua.

Le cœur battant, John ouvrit la porte et se trouva devant un couloir sombre et étroit qui aboutissait à un escalier tout aussi mal éclairé. Montant rapidement les marches assez raides, John parvint à une porte qui, une fois ouverte – elle n'était pas fermée à clef –, laissa tomber un flot de lumière sur le palier. Le parquet était humide : lui aussi avait été récemment lessivé.

La pièce, rigoureusement déserte pour l'instant, devait servir à la fois de réserve et d'atelier à « Addel et Cie ». De grands placards à portes coulissantes garnissaient trois de ses murs. Le quatrième était percé de fenêtres. Devant les fenêtres, des machines à coudre. Dans toute la pièce, des chaises, de longues tables de bois blanc, des mannequins. Sur le parquet également en bois blanc, il n'était pas difficile de suivre les traces fraîches et éloquentes, qui menèrent tout droit Mannering devant un placard que rien ne semblait distinguer des autres. Mais il était fermé à clef.

Presque machinalement, John entreprit sa troisième

effraction de la journée. Il travaillait sans penser à ce qu'il faisait, préoccupé par une question dont il lui tardait de trouver la réponse : pourquoi miss Addel avait-elle renvoyé son personnel aujourd'hui? Au magasin comme à l'atelier, Mannering n'avait rencontré personne en dehors de la jeune femme en noir. La serrure céda enfin. Et John comprit qu'il avait trouvé la réponse à sa question.

Marjorie Addel avait donné congé à ses employés pour les empêcher de faire la même découverte que lui... Car, entre deux robes de toile imprimée aux joyeux coloris, deux jambes de pantalon bleu marine dépassaient, insolites et sinistres.

Puis, presque aussitôt, un corps masculin tomba lourdement en avant. John le retint de justesse avant qu'il ne touchât terre et le retourna doucement. Un visage rond et pâle apparut, qui ressemblait plus que jamais, avec ses yeux clos et sa bouche étonnée, à un pudding mal cuit.

Le veston bleu marine couvert de sang était suffisamment éloquent : Bray avait été abattu de plusieurs coups de revolver. Immobile, John essaya de réfléchir rapidement. S'il se précipitait séance tenante sur le téléphone pour prévenir Bristow, celui-ci bouclerait certainement Marjorie Addel. Et Mannering voulait à tout prix avoir une petite conversation avec cette charmante créature avant que Bristow ne la lui confisque. John replaça donc le corps de Bray à la place exacte où il l'avait trouvé, sans même prendre le temps d'improviser une oraison funèbre pour le malheureux joaillier. Puis il referma la porte du placard, quitta la grande pièce silencieuse, dévala l'escalier, prit également soin de refermer la porte verte qui donnait sur la cour et, en deux enjambées, fut devant la fenêtre du bureau. Sans bruit, il souleva le battant, passa une jambe dans l'encadrement, et entendit une exclamation féminine horrifiée :

– Oh!

Sans attendre que la femme se mette à hurler, Mannering entra avec désinvolture, referma la fenêtre et dit aimablement :

– Comment allez-vous, miss Addel?

Debout à côté d'un coffre-fort entrebâillé, Marjorie Addel le regardait avec des yeux aussi bleus que la veille au soir, mais beaucoup plus inquiets.

– Ne vous inquiétez pas, miss Addel, je n'en veux pas à votre coffre-fort.

Sidérée, la jeune fille murmura faiblement :

– Mais... vous êtes John Mannering!

– En personne, oui. Je viens vous rendre votre visite d'hier au soir. A propos, avez-vous pu remettre le diamant à votre ami?

– Mais qu'est-ce que vous faites ici? Je veux dire... dans ce bureau..., balbutia la jeune fille.

– Oh! je prenais un peu l'air dans la cour. Elle est charmante, votre cour.

La pensée que John s'était aventuré près de la fatale porte verte ne parut pas autrement impressionner Marjorie, qui se contenta de déclarer :

– Mais vous n'avez pas le droit d'être ici...

– Oh! le droit... Je n'avais pas le droit non plus de vous remettre un diamant que l'on m'avait confié, miss Addel. Pourtant je l'ai fait sans que vous trouviez à y redire, bien au contraire!

Négligemment, mais sans quitter des yeux la jeune fille toujours immobile, John prit son étui à cigarettes dans sa poche :

– Vous fumez? Non? Mais la fumée ne vous gêne pas? Merci. Voyez-vous, miss Addel, j'ai parfois d'étranges idées. Par exemple, je me suis imaginé que vous ne teniez absolument pas à me revoir et refuseriez certainement de me recevoir.

– Pourquoi cela? dit Marjorie, ouvrant tout grands ses yeux naïfs. Je tiens un magasin et votre femme pourrait être une bonne cliente...

– Oui, mais moi je pourrais essayer de vous reprendre le diamant que je vous ai confié hier. Au fait, vous n'avez pas répondu à ma question : avez-vous rendu le diamant à son propriétaire?

– Evidemment! s'exclama Marjorie, avec un haussement d'épaules.

Elle s'était calmée et paraissait maintenant plus agacée que vraiment inquiète. Son tailleur de toile était exactement du bleu de ses yeux. Ainsi vêtue, sans autre bijou qu'une grosse gourmette d'or, c'était le type même de l'ingénue anglaise, candide et décidée, aux joues roses et aux cheveux dorés. Si vraiment la jeune fille savait que le cadavre de Bray était dissimulé dans un des placards de son atelier, c'était également une actrice et une tête froide de premier ordre. John décida de tirer cela au clair :

– Vous n'avez oublié qu'un petit détail, hier, miss Addel! Le nom de votre ami.

– Vous le connaissez parfaitement! répliqua Marjorie.

– Et vous, le connaissez-vous, au moins?

– Quelle question ridicule! dit Marjorie en rougissant légèrement. Bien sûr! Mais vous me faites perdre mon temps, Mr Mannering.

– Ma chère enfant, si vous refusez de répondre à mes questions et de me dire la vérité, vous risquez d'avoir bientôt toute l'éternité devant vous.

Ecrasant sa cigarette dans un cendrier, John se rapprocha rapidement de Marjorie qui le regardait, décontenancée. Comme il s'y attendait, elle sentait la lavande.

– Ou bien vous êtes une authentique Bécassine, miss Addel ou bien vous êtes une garce comme on en voit peu. Mais je vous préviens que les Bécassines comme les garces finissent parfois au bout d'une corde.

– D'une corde!

Instinctivement, avec un mouvement si naturel que

Mannering fut tenté de sourire, Marjorie porta la main à son cou.

– Ce serait dommage de l'abîmer, n'est-ce pas?

– Vous êtes fou! murmura la jeune fille d'une voix tremblante.

– Hélas, non! Encore une question : lisez-vous les journaux du matin?

Marjorie secoua la tête.

– Un agent de police a été abattu cette nuit.

– Et alors?

L'ahurissement de la jeune fille paraissait sincère. Mannering poursuivit cependant :

– Il a été abattu dans le hall de mon immeuble, peu après votre départ, par un salaud qui voulait s'emparer du diamant de votre ami. Voilà pourquoi j'essaie de vous expliquer que votre joli cou et la corde du bourreau risquent de se trouver un jour en contact étroit.

Marjorie semblait toujours faire de sérieux efforts pour comprendre ce que disait John. Fronçant les sourcils, elle répliqua :

– Mais puisque j'étais partie, je ne vois vraiment pas...

– C'est vrai! dit John. J'oubliais un point important de mon raisonnement. La raison pour laquelle vous pourriez bien être pendue, ma chère, c'est que le crime appelle le crime.

Il prit d'un geste vif la main de la jeune fille et l'obligea à toucher du doigt les taches brunes qui maculaient le buvard du secrétaire. Sous les doigts de John, la main de Marjorie ne trembla pas. D'une voix parfaitement égale, elle demanda :

– Qu'est-ce que vous faites?

– Vous savez ce que c'est, ça? dit brutalement John. Du sang, miss Addel.

Les doigts de Marjorie frémirent légèrement. Elle se dégagea et, plongeant des yeux de plus en plus étonnés dans le regard sévère de Mannering, demanda simplement :

– Du quoi?

– Du sang! Vous êtes peut-être idiote, mais pas sourde, quand même? Ce liquide rouge qui jaillit quand vous vous coupez, ou qu'on vous plonge un couteau dans le cœur... ou encore qu'on vous tire trois balles dans la peau!

– Si vous continuez à parler de cette façon, Mr Mannering, je vais être obligée d'appeler à l'aide, dit Marjorie sur le ton d'une cheftaine morigénant un boy-scout turbulent.

– Excellente idée! Vous ne savez peut-être pas le numéro, je vais le faire pour vous.

Et, s'emparant du téléphone posé sur une console, John composa Whitehall 12-12, tandis que Marjorie poursuivait de la même voix placide :

– Quel numéro?

– Celui de Scotland Yard, ma chère amie.

La jeune fille ne sourcilla pas, mais s'approcha de John, qui demandait tranquillement :

– Le superintendant Bristow, s'il vous plaît, pour John Mannering. Merci. Je reste à l'appareil, oui.

Marjorie était maintenant à cinquante centimètres de John, qui pouvait admirer à loisir la fraîcheur de son teint, la séduction de ses lèvres entrouvertes sur de petites dents nacrées et les reflets de ses cheveux dorés d'où montait une odeur de lavande et de miel. Elle était tout simplement adorable. Et innocente? Malgré les présomptions qui pesaient sur elle, John aurait été bien incapable de se prononcer.

Immobile et silencieuse, Marjorie semblait attendre.

Mais lorsque Mannering s'était mis en tête d'éclaircir une énigme, les femmes risquaient d'attendre longtemps. Il ne broncha pas. Sans grand mérite d'ailleurs. Il n'avait envie que d'une seule chose : entendre la voix de Bristow. Lorsqu'il eut le policier à l'appareil, il ne lui laissa pas placer trois mots :

– Bill, je crois qu'il vaudrait mieux que vous veniez tout de suite Lander Street, chez Marjorie Addel. Sans quoi vous allez encore m'accuser de garder les découvertes intéressantes pour moi! Dépêchez-vous!

– Qu'est-ce que... commença Bristow.

Mais Marjorie, d'un bond, s'était emparée de l'appareil que John lui abandonna volontiers et s'écriait d'une voix étranglée :

– Venez vite, monsieur! Je suis Marjorie Addel, et je commence à croire que Mr Mannering est fou. Oui, fou! Il est entré ici par effraction... oui, par effraction. Et il raconte des choses insensées, il ne parle que de sang, de crimes. Je ne suis pas du tout rassurée; je vous en prie, venez vite.

Elle raccrocha brusquement. John étouffa un rire silencieux en pensant à la tête que devait faire Bristow à l'autre bout du fil. Puis il saisit rapidement Marjorie par les poignets :

– Pas mal joué, pour une Bécassine! Maintenant, il faudrait être sérieux, avant l'arrivée de la police. Sans quoi vous allez être sacrément embêtés, vous et votre petit ami.

Pour la première fois, le coup porta. Marjorie devint livide, ses lèvres se mirent à trembler violemment, et elle murmura d'une voix blanche :

– Moi et qui?

– Votre petit ami! Le monsieur peu sympathique qui vous laisse faire le travail dangereux, tandis qu'il attend, bien en sécurité sur le quai de Chelsea.

– C'est vous qui nous suiviez? s'écria Marjorie. Paul disait...

Elle se tut brusquement, John poursuivit :

– Eh bien, Paul se trompait. Oui, je vous ai suivis, et perdus. A votre place, je m'en méfierais, de votre Paul. Un homme qui ne sait pas prendre de risques! Et quels risques : de quelque côté que l'on se tourne :

crimes, sang, violences. Joli cadeau à faire à la femme que l'on aime. Parce qu'il vous aime, je suppose? Et vous l'aimez?

Marjorie inclina faiblement la tête. John lâcha les poignets fragiles et dit gravement :

– La police va vous trouver très intéressants, tous les deux. Pour la dernière fois, je vous conseille de me dire la vérité. Je pourrai peut-être vous aider...

Marjorie ne protesta pas et Mannering décida de profiter de son avantage.

– Votre histoire ne tenait pas debout, hier soir, et je n'ai pas été dupe un seul moment. Bray savait très bien que je ne remettrais jamais le diamant à une inconnue. Moi, je savais très bien que vous ne veniez pas de sa part. Mais vous, vous ne saviez peut-être pas que vous emportiez, non pas le diamant, mais une vulgaire imitation!

– Non... c'est impossible..., murmura Marjorie, atterrée. Il faut prévenir Paul...

– Paul qui? demanda vivement John.

Sans répondre, Marjorie se cramponna des deux mains aux revers du veston de John et leva vers lui des yeux éperdus :

– Je vous en supplie, ne parlez pas de lui à la police! Dites tout ce que vous voudrez sur moi, je ne me défendrai pas. Mais ne parlez pas de Paul. Il ne faut pas que la police...

Elle s'interrompit, lâcha le veston de John et se précipita vers la porte conduisant dans la boutique. John lui emboîta aussitôt le pas. L'un derrière l'autre, ils passèrent devant la vendeuse en noir, qui disposait une écharpe sur un guéridon et tourna vers eux de grands yeux inquiets :

– Je reviens tout de suite, Zara! s'écria Marjorie.

Mais, comme la jeune fille ouvrait la porte de la boutique, une Morris verte stoppa à deux mètres d'elle, dans un crissement de freins. Bristow et Tring étaient assis à l'arrière.

Marjorie resta immobile sur le seuil, visiblement déconcertée. John s'approcha rapidement d'elle, la saisit par le bras et, tout en saluant amicalement Bristow de sa main libre, murmura d'un ton énergique :

– Qui est Paul? Dites-le-moi, ou je parle de lui à la police.

Marjorie se dégagea et gifla Mannering de toutes ses forces. Plusieurs passants, intéressés, se retournèrent. Mais, tout en assenant à John une gifle magistrale, la jeune fille avait murmuré très distinctement :

– Paul Reegan, Maria del Mar, à Guilford.

Et, comme Bristow approchait, elle répéta posément :

– Maria del Mar. Vous avez bien compris?

– J'ai surtout compris que vous avez un sacré toupet! souffla John, ironique et admiratif. Mais vous auriez pu vous dispenser de la gifle.

Puis il reprit plus haut :

– Bill, je vais vous présenter à une jeune fille qui brûle d'envie de faire votre connaissance, comme elle vous l'a dit tout à l'heure. Miss Addel! Un peu vive, peut-être. Mais vous connaissez les femmes...

– Je vous connais surtout, vous! Quel nouveau tour méditez-vous encore, Mannering?

– Je vais vous expliquer cela quand nous aurons regagné le domaine de miss Addel. Sur le trottoir, vous n'y comprendriez vraiment rien.

Sans un mot, Marjorie se dirigea vers son bureau, suivie des deux hommes. La jeune femme en noir était toujours à sa place, paralysée par la surprise. Poids-Lourd et deux inspecteurs en civil apparurent sur le trottoir. Avant qu'ils n'aient atteint la porte du magasin, la jeune femme se précipita vers le bureau, dans un tourbillon de jupe. Elle s'arrêta sur le seuil et, très droite, les yeux flamboyants d'indignation, demanda impérieusement :

– Peut-on savoir ce qui se passe ici?

– Entrez, mademoiselle, dit aimablement Mannering. Vous n'êtes pas de trop, bien au contraire.

– Madame, rectifia Marjorie. Zara est ma belle-sœur.

Zara s'avança et vint s'asseoir sur la chaise placée devant le secrétaire marqueté. Curieux de voir ce qui allait se passer, Mannering détourna l'attention de Bristow vers le sol. Car les yeux noirs de Zara étaient tombés sur la lettre à en-tête de Bray et elle avait réprimé de justesse un violent sursaut.

Bristow s'était penché et examinait attentivement les taches brunes que John lui montrait. Comme Mannering tout à l'heure, il souleva le petit tapis ivoire. John feignait de ne pas quitter Marjorie de l'œil. Mais en réalité, il surveillait Zara, pâle et immobile, dont les yeux sombres paraissaient fascinés par la feuille de papier posée à côté d'elle, sur l'abattant du secrétaire.

Soudain, d'un geste infiniment gracieux, elle prit la lettre, la plia en deux, et s'en éventa nonchalamment. Tring, qui venait jeter de temps à autre un coup d'œil dans la pièce, ne vit qu'une jeune et jolie femme, visiblement agacée par l'intrusion de tous ces policiers dans son élégant magasin et qui passait sa mauvaise humeur sur une feuille de papier.

Deux secondes plus tard, la feuille de papier avait disparu.

Mannering, seul, aurait été capable de dire où elle se trouvait : dans le corsage noir, austère et très légèrement décolleté en V de Zara.

VIII

Bristow fit trois pas vers la fenêtre et appela Mannering d'un signe de tête :

– Que savez-vous au juste, John? Vous êtes vraiment entré par effraction?

– Mais pas le moins du monde, protesta John, indigné. Cette jeune femme, la belle-sœur de miss Addel... Vous croyez vraiment que c'est sa belle-sœur, Bill? Il est difficile d'imaginer deux femmes plus différentes!

– Ne soyez pas idiot, Mannering, gronda Bristow. Une belle-sœur ce n'est pas une sœur, que je sache! Que s'est-il passé, avec cette jeune femme?

– Oh! rien. Elle m'a prié d'attendre Marjorie ici, dans ce bureau. Je m'ennuyais. J'ai vite remarqué les traces de sang, suivi la même piste que vous, et suis sorti par la fenêtre.

– Et vous n'avez rien trouvé?

– Rien! La porte verte que vous voyez là, en face, est malheureusement fermée à clef.

– Et comme tout le monde le sait, une porte fermée à clef vous empêche d'entrer, vous!

Revenant vers les deux jeunes femmes immobiles, Bristow tendit la main et dit d'un ton sans réplique :

– Vos clefs, miss Addel...

– Pourriez-vous m'expliquer ce que tout cela signifie? dit Marjorie, avec l'expression d'étonnement un peu agacé qui ne l'avait pas quittée.

– Cela signifie que ces traces sont des traces de sang, répliqua courtoisement le superintendant. Et que je voudrais bien jeter un coup d'œil sur ce qui se trouve derrière votre porte de service.

Zara bondit sur ses petits pieds et s'écria, d'une voix qui avait perdu toute douceur :

– Vous n'avez pas le droit de faire ça! Nous ne sommes pas en Espagne, que je sache, pour que n'importe quel policier vienne fouiller dans nos affaires sans seulement daigner s'excuser.

– Admettons que je vous présente mes excuses, dit Bristow sans s'émouvoir, et donnez-moi les clefs.

Marjorie essayait de calmer sa véhémente belle-sœur :

– Zara, tu sais bien que...

– Je sais que nous sommes ici chez nous, et eux pas! répliqua insolemment Zara.

– Chère madame, partout où l'on trouve des traces de sang et des diamants volés, la police est chez elle.

– Bien dit, Bill, approuva Mannering. Ne nous laissons pas impressionner par ces jeunes femmes. Allons, miss Addel, un bon mouvement!

Le regard bleu pervenche de Marjorie rencontra les yeux noisette de John; aussitôt, elle saisit son sac, l'ouvrit et prit un trousseau de clefs, qu'elle tendit à Bristow avec un haussement d'épaules impertinent :

– Mannering, dit sèchement le superintendant, je vous interdis d'adresser la parole à qui que ce soit ici!

– Moi qui voulais bavarder avec Poids-Lourd, soupira John.

– Tring m'accompagne!

Et Bristow enjamba la fenêtre.

Dix minutes plus tard, il l'enjambait à nouveau, cette fois dans l'autre sens. Avec une expression peu commode sur son visage soucieux, il alla se planter devant Marjorie. Zara, toujours debout, le foudroya du regard.

– Eh bien, miss Addel, je vous écoute!

– Vous m'écoutez, vous m'écoutez, c'est bien possible! Encore faudrait-il que je sache que vous dire! s'écria Marjorie, irritée.

– Vous pourriez peut-être m'expliquer pourquoi il y a un homme assassiné dans votre atelier, dit froidement Bristow.

Dans le silence qui suivit, on entendit un faible gémissement de Zara, puis un « Sangre de mi madre! » qui fit retourner toutes les têtes. Personne ne broncha lorsque la jeune femme, levant sa main pâle, traça une petite croix sur son cœur.

Marjorie, elle, se contentait de répéter comme un perroquet :

– Un homme assassiné dans mon atelier...

– Vous connaissiez bien Arthur Bray, miss Addel? poursuivit Bristow, implacable.

– Bray?

La voix de Marjorie restait neutre et indifférente. Mais Zara, elle, retomba brusquement assise sur sa chaise et enfouit son beau visage dans ses mains.

– Si vous ne le connaissiez pas, venez donc faire sa connaissance, dit le superintendant, montrant la fenêtre fatidique à la jeune fille qui, sans hésiter, enjamba l'encadrement et se dirigea vers la porte verte, suivie de Bristow et de Tring.

Zara et John restèrent seuls. Dans le magasin, deux hommes montaient une garde résignée et ne leur prêtaient pas grande attention. John se rapprocha de la jeune femme et constata qu'elle n'était pas si jeune que cela. Son visage aux traits subitement tirés paraissait dix ans de plus que sa silhouette fragile. Mais jeune ou pas, Zara était d'une beauté extraordinaire. Ses yeux noirs fixaient John avec désespoir. De sa voix grave et douce, elle murmura :

– Vous êtes le vrai John Mannering... celui des journaux?

John retint un sourire. Une candeur réelle – qui ne ressemblait en rien à celle de Marjorie – illuminait le beau visage dramatique.

– Vous croyez qu'il existe de faux Mannering? dit-il amusé. Le vrai ne vaut déjà pas grand-chose, vous savez!

– Oh! si, soupira Zara. Je sais ce que vous avez fait. Il faut que vous aidiez Marjorie. Vous voulez bien?

– Peut-être, promit Mannering, sans se compromettre. Mais, avant tout, il faut penser à vous.

– A moi? Oh! moi, je ne compte pas! dit la voix douce.

– Pourquoi?

Pour toute réponse, Zara eut un geste gracieux et vague.

– Vous savez que vous serez fouillée, au commissariat.

Les yeux noirs s'emplirent de frayeur, mais Zara se contenta de hausser les épaules. Mannering poursuivit gentiment :

– A votre place, je me débarrasserais de cette lettre. Vous savez? La lettre de Bray, le monsieur que votre belle-sœur ne connaît pas, mais qui est venu se faire assassiner chez elle. Cette lettre est parfaitement anonyme. Déchirez-la et fichez-la à la corbeille à papiers.

Zara eut un geste vers son corsage, mais s'arrêta : l'inspecteur Tring apparaissait dans le cadre de la fenêtre, l'œil chargé de soupçons.

– Le superintendant vous avait défendu de parler à cette dame, Mr Mannering, gronda-t-il.

– Il est bien gentil, mais je m'ennuie tout seul. Pourquoi n'êtes-vous pas resté avec moi, Poids-Lourd?

Zara s'était levée et vacillait, les yeux fermés, en murmurant :

– Oh! c'est idiot... toutes ces émotions... un peu d'eau, je vous en prie.

L'inspecteur disparut sans hésiter dans le magasin, tandis que John saisissait la jeune femme dans ses bras en murmurant lui aussi :

– Bravo, chère madame. Vous aussi, vous êtes une excellente comédienne!

Mais son sourire s'évanouit lorsqu'il sentit qu'une petite main décidée glissait une feuille de papier dans sa poche. Il allait protester lorsque Poids-Lourd reparut, un verre d'eau à la main...

– Tu as passé une bonne matinée, chéri? demanda Lorna en s'installant devant la table de la petite salle à manger baignée de soleil.

Les yeux brillants, le teint rose, elle avait une expression que John connaissait bien.

– Pas la peine de demander si tu es contente de Josh, toi!

– Oh, chéri, c'est un amour. Il ne bronche pas, et surtout il a perpétuellement l'air de contempler ton fameux Adalgo... Il revient à 2 heures. A propos, comment va-t-il, l'Adalgo?

– Bien, je suppose. Je n'ai pas eu le temps de passer chez Quinn's.

– Pas le temps! Et qu'as-tu donc fait?

– J'ai découvert un cadavre dans un placard, dit John, en se servant copieusement de jambon fumé.

– Rien qu'un? dit Lorna, en souriant.

Puis, comprenant subitement que John ne plaisantait pas, elle s'exclama atterrée :

– Un vrai cadavre?

– Qu'est-ce que tu crois, que la maison Mannering et Cie travaille dans le toc? Un cadavre parfaitement authentique et, qui plus est, connu. Celui de Bray.

Lorna laissa tomber sa fourchette :

– Le cadavre de Bray dans un placard?

– Entre deux robes fleuries, oui.

Et John fit un récit détaillé de sa matinée à la jeune femme qui l'écouta sans mot dire, oubliant de manger. Quand il eut terminé, elle soupira :

– En résumé, Marjorie te supplie de protéger Paul, Zara te supplie de protéger Marjorie, et toi tu as très envie de protéger Zara, malgré la lettre qu'elle a sournoisement glissée dans ta poche.

John tendit à Lorna la lettre de Bray :

– Cette lettre n'a aucune importance, chérie. Vois toi-même. J'étais en relations d'affaires, avec Bray, moi aussi... Elle peut très bien m'être adressée.

– Et d'après toi, à qui est-elle adressée en réalité?

– « Quien sabe... » comme dirait la mystérieuse Zara. Tu sais, Lorna, elle ignorait certainement la présence du cadavre dans l'atelier. Le signe de croix, ce n'était pas du théâtre.

– Mais elle a quand même fourré ce fichu papier dans ta poche.

Puis elle se remit à manger son jambon fumé, songeuse :

– Eh bien! soupira-t-elle enfin, cela nous promet des heures agréables et divertissantes, comme dirait, non pas la mystérieuse Zara, mais ma digne mère. Deux femmes ravissantes en détresse. D'habitude, chéri, il n'y en a qu'une. Cette fois, tu es comblé! Plus un jeune homme inconnu et passionnément aimé... Sans compter la police qui ne va pas nous quitter d'une semelle... Dis-moi, John, « Maria del Mar », c'est de l'espagnol, non?

La bouche pleine, John acquiesça d'un signe de tête.

– Et Zara est espagnole. Et l'Adalgo aussi... Tu ne trouves pas que cela fait beaucoup d'Espagnols à la fois?

– J'adore les Espagnols, moi!

– Moi aussi, dit Lorna, le sourcil froncé, mais en Espagne!

Soudain, elle fit claquer ses doigts d'un geste vif :

– J'y suis! John, tu sais à qui ressemble l'homme au foulard rouge... A un portrait que nous avons vu au Prado, l'an dernier... Un Velasquez.

– Encore un Espagnol, d'après toi?

– Encore deux Espagnols, plutôt. Parce que l'homme au foulard blanc, lui, avait le même accent que le Velasquez...

A 2 heures, Larraby fit son apparition. Avec son aisance habituelle, il accepta une tasse de café.

– Ma femme ne vous fait pas trop souffrir, Larraby? dit John en lui tendant un étui à cigarettes.

– Souffrir! Mais Mr Mannering, j'ai l'impression de ressusciter... Croyez-vous qu'il me sera un jour possible de retrouver un emploi... un emploi honnête, précisa Josh avec un sourire timide.

– Nous verrons cela, dit John.

A peine Lorna et son modèle eurent-ils quitté la salle à manger pour l'atelier situé à l'étage au-dessus, que Judy fit son entrée :

– C'est un monsieur qui vient voir Monsieur.

– Et il n'a pas donné son nom? s'étonna Mannering.

– Non, monsieur. Il a simplement dit : Mr Mannering m'attend.

– Et comment est-il?

– Très gentil, dit la jeune fille en rougissant furieusement. Blond, jeune. Mais très mal habillé.

La porte mal fermée s'ouvrit brusquement, et une voix railleuse s'écria :

– Ça, mon joli cœur, c'est une opinion toute gratuite. Mon imperméable a besoin d'aller chez le teinturier, j'en conviens. Mais ma chemise est impeccable. Et que pensez-vous de ma cravate, Mannering? Elle sort de chez votre fournisseur préféré, qui m'a dit que vous veniez de lui en acheter trois du même genre.

– Forsythe! soupira John. Il n’y a même plus moyen de prendre son café tranquillement?

– A propos de café, dit le reporter du *Morning Cry* en s’asseyant tranquillement dans un fauteuil, je n’ai pas encore eu le temps d’avaler le mien. Croyez-vous que cette jeune personne m’en apportera un si je le lui demande?

– Vous pouvez toujours essayer! Vous avez déjeuné, au moins?

– Déjeuné, oui. Comme on déjeune dans notre métier, quand la matinée regorge de crimes et de violences de tous genres. Il paraît que vous êtes dans le circuit, vous aussi? Je viens de rencontrer deux hommes de Bristow dans les escaliers. Vous êtes gâté, d’ailleurs. Attaque à main armée à domicile; découverte d’un cadavre chez miss Addel.

– Ce n’est pas moi qui ai découvert Bray, Forsythe. Ne commencez pas à imprimer des blagues.

– Joli morceau, Marjorie Addel, vous ne trouvez pas?

– Si. Très joli!

– Et la mystérieuse belle-sœur qu’en pensez-vous?

– Pourquoi « mystérieuse »?

– Parce qu’elle l’est, tiens! Impossible de trouver quelqu’un qui la connaisse bien. Par contre, plusieurs godelureaux du genre irrésistible se sont fait échauder par elle. Elle les laisse venir à la boutique, sous prétexte d’acheter des robes pour de petites amies imaginaires ou non. Là, elle est toute prunelle veloutée et charme exotique... Mais quand ils posent la question de confiance, les griffes sortent subitement et la charmante créature se métamorphose en princesse outragée. Les soupirants n’ont plus qu’à prendre la porte. Evidemment, la maison Addel et Cie ne reprend pas les robes achetées! Les esprits positifs pensent que Zara a une façon bien à elle de faire des affaires. Les autres, dont je serais volontiers, qu’elle est incroyablement romantique et que toute proposition trop précise la choque et la révolte sincèrement.

– Elle ne m'aurait pas fait entrer dans le bureau de miss Addel si elle avait su que le cadavre de Bray se trouvait dans l'atelier, remarqua tranquillement John. Cigarette, Forsythe? Personnellement, je lui ferais davantage confiance qu'à sa ravissante belle-sœur.

– Parce que c'est Zara qui vous a fait entrer dans le bureau?

– Oui. J'étais venu à tout hasard, simplement parce que Marjorie Addel m'avait raconté un mensonge monumental la veille au soir. Une fois dans le bureau, je n'ai pas tardé à remarquer des traces de sang, j'ai appelé Bristow, et vous connaissez toute la suite.

– Je peux imprimer tout cela? demanda Forsythe, tirant un stylo et un carnet de sa poche.

– Pourquoi pas? D'ailleurs, si je vous répondais non, vous l'imprimeriez quand même.

– Mannering, vous me navrez. Croyez-le ou non, je n'imprimerai jamais rien sans votre consentement. Par exemple, je me garderai bien de dire que miss Addel vous a magistralement giflé ce matin.

– Comment savez-vous cela? s'écria John, interloqué.

– Oh! je passais par là, tout simplement.

– Par hasard, je suppose?

– Mais bien sûr. Mon métier consiste précisément à passer par hasard chaque fois qu'il arrive quelque chose d'intéressant! J'ai vu la gifle. Elle était de premier ordre. Il faut dire que si Zara garde toujours un air lointain et distant – que personnellement je trouve plutôt séduisant –, Marjorie, elle, a les pieds bien sur terre. Savez-vous que c'est une modéliste de premier ordre, et une excellente femme d'affaires? Oh! j'oubliais de vous parler du principal : comment se porte l'Adalgo?

– On ne peut mieux. Bien à l'abri dans la vitrine de Quinn's.

– Vous savez que c'est de la provocation?

– Je sais qu'il ne risque absolument rien, c'est tout. Personne ne se hasardera là, vous pouvez m'en croire.

Forsythe griffonnait rapidement sur son carnet. S'arrêtant soudain, il prit un papier dans sa poche et le tendit à Mannering :

– Je fais appel à votre bon cœur, John. Voici un petit topo sur l'Adalgo. Le genre « L'Adalgo, pierre sanglante », vous savez. Dites-moi s'il ne contient pas trop de bourdes. Est-il exact, par exemple, que l'on prétende que seule la reine d'Espagne peut porter ce diamant sans être sauvagement poignardée?

– Les Espagnols le prétendent, en effet, dit John en parcourant des yeux l'article de Forsythe. Pas mal du tout, votre feuilleton.

– J'ai fait photographier l'Adalgo, de très près. La photo est au poil. Vous aurez les honneurs de la Une. Et par la même occasion, une magnifique publicité à l'œil.

– Ne soyez pas vulgaire, Teddy; si vous vous imaginez que les clients de Quinn's lisent votre canard!

– Espèce de fichu snob, dit affectueusement Forsythe en se levant. Il ne me reste plus qu'à vous remercier, à m'en aller et à vous téléphoner dès que mon flair bien connu me dira qu'il y a du nouveau.

– Après quoi, vous « passerez par hasard »?

– Bien entendu!

Et le visage sympathique de Forsythe se plissa dans un grand sourire contagieux.

Mannering attendit que la petite Morris décapotable du journaliste se fut éloignée. Puis il décida de téléphoner à Bristow pour savoir ce qu'avait donné l'interrogatoire des deux jeunes femmes. Comme il allait décrocher, la sonnerie retentit. Une voix qu'il eut quelque peine à reconnaître, tant elle était agitée, retentit :

– Mr Mannering, je suis désolé de vous déranger, mais...

– Que se passe-t-il, Stearn? demanda John. On a volé l'Adalgo?

– Oh! non, monsieur. L'Adalgo est toujours là. D'ailleurs, la rue est pleine de policiers et il y a une foule de badauds. Je me demande bien comment on pourrait nous voler quoi que ce soit.

A la réprobation qui perçait dans la voix de Stearn, Mannering comprit que cette « publicité à l'œil » n'était pas du tout de son goût. Mais le vieil employé poursuivait, inquiet et embarrassé à la fois :

– C'est un jeune homme, monsieur. Un jeune homme extrêmement désagréable. Il nous tient des discours extravagants, à Simon et à moi-même. Il prétend que vous l'avez trompé au sujet de l'Adalgo. Il... Enfin, je me permettrai de vous suggérer de venir, monsieur.

– Comment s'appelle-t-il, votre jeune homme, Stearn?

– Reegan, monsieur. Paul Reegan.

IX

Lorsque John arriva dans Hart Row, la petite impasse était encombrée de curieux qui voulaient jeter un coup d'œil sur l'Adalgo. Impassible, Tring surveillait la vitrine d'un œil vague.

Le diamant étincelait toujours d'un éclat insolent.

Dans la boutique, Stearn, visiblement désorienté et à bout de patience, mais toujours digne, s'efforçait de raisonner un jeune homme très beau, très bouclé, très bien habillé et très en colère. En voyant entrer Mannering, le jeune homme se précipita sur lui comme un chien qui vient de casser sa laisse :

– Vous êtes John Mannering? Il y a presque une heure que je vous attends!

John le toisa d'un air glacial et répliqua sèchement :

– Si vous aviez pris la précaution de demander un rendez-vous, vous n'auriez pas attendu. Je suis toujours très exact. Voulez-vous passer par ici?

Avec un clin d'œil rassurant à Stearn, John précéda le jeune homme dans son bureau, ferma la porte, s'assit et, d'un geste nonchalant, montra un siège à Paul Reegan qui ne décolérait pas. Puis il lui sourit :

– Vous permettez?

Sans attendre la réponse du jeune homme, il décrocha le téléphone, composa soigneusement un numéro et passa quatre bonnes minutes à demander à son ami Toby Plender comment allaient sa femme, sa fille et son cheval favori. Puis il raccrocha. Comme il s'y attendait, le jeune homme paraissait sur le point d'exploser.

– Vous avez à me parler, monsieur...

– Reegan. Paul Reegan. Ne faites pas l'idiot, Mannering, vous savez très bien mon nom; le vieux jeton qui me tient la jambe depuis une heure vous l'a certainement dit au téléphone.

– Vous n'êtes pas très aimable pour Mr Stearn, dit paisiblement Mannering. Mais vous avez probablement une bonne excuse pour vous conduire avec une pareille goujaterie. Que désirez-vous au juste?

– L'Adalgo! tonna Paul Reegan. Je ne sortirai pas d'ici sans lui!

– Pourquoi vous fâcher? L'Adalgo est à vous quand vous voudrez... contre vingt millions comptant, bien entendu.

Paul Reegan haussa les épaules, de plus en plus furieux :

– Vous trouvez qu'il ne les vaut pas? dit Mannering, poliment étonné.

– Je trouve qu'il les vaut amplement, au contraire. Mais vous ne les aurez pas. Parce que l'Adalgo ne vous a jamais appartenu, Mannering. Savez-vous ce que vous avez remis à Marjorie, hier soir?

– Parfaitement : une imitation qui doit valoir entre dix et quinze livres. Et bien payée!

– Bandit! Vous le saviez donc?

– Mais bien sûr! dit Mannering, rectifiant le pli de son pantalon avec un soin méticuleux. Qu'est-ce que vous vous imaginiez, Mr Reegan? Que j'allais confier un diamant de vingt millions à une jeune fille inconnue?

– Pourquoi pas? Puisqu'il ne vous appartient pas, je le répète. Bray n'avait pas le droit de vous le vendre.

– Aussi ne me l'a-t-il pas vendu; il me l'a simplement laissé en dépôt.

– Je sais. Mais maintenant, vous allez me le donner, et vite. Ou bien je téléphone à la police d'ici-même.

John prit son étui à cigarettes, choisit lentement une Benson, l'alluma avec la même lenteur et dit enfin :

– Je ne vous aurais pas cru en si bons termes avec la police, Mr Reegan.

Les yeux gris acier de Reegan eurent un éclair inquiet :

– Pourquoi dites-vous cela?

– Parce que vous avez cru qu'elle vous suivait, hier soir, et que vous avez aussitôt fait tous vos efforts pour la semer. Avec succès, d'ailleurs. Seulement, c'est moi qui vous suivais, et pas la police.

Reegan ouvrit la bouche, mais se tut. Avec son nez grec, son front buté et son menton volontaire, il paraissait aussi entêté que la charmante Marjorie. Il réfléchit quelques secondes et se décida à réattaquer :

– La police ne me fait pas peur, Mannering. Je veux ce diamant et je l'aurai. J'irai le chercher n'importe où, même à Scotland Yard.

– Bonne idée. Vous risquez d'y faire une rencontre agréable...

– Que voulez-vous dire? murmura Reegan, fronçant ses épais sourcils bruns.

– Que miss Addel s'y trouve en ce moment.

– Marjorie? Marjorie à Scotland Yard? De qui vous foutez-vous, Mannering?

– Téléphonez, si vous ne me croyez pas. Miss Addel est au Yard, avec sa belle-sœur et le superintendant Bristow qui les interroge toutes deux.

Se levant brusquement, Reegan se pencha au-dessus du grand bureau de John :

– C'est vous qui l'avez dénoncée, espèce de salaud! Parce qu'on vous a volé quelques malheureuses pierres hier soir. Vous mériteriez que je vous démolisse la figure.

– Je doute fort que vous y arriviez, mon jeune ami. Vous avez un très joli nez, ne m'obligez pas à vous le casser.

Et d'un geste sec, Mannering frappa le poing fermé du jeune homme. Reegan retint une exclamation de douleur et se rassit.

– Si Marjorie et vous cessiez de jouer aux apprentis gangsters, nous pourrions peut-être nous entendre, Reegan. Bray a été assassiné cette nuit.

Tout comme Marjorie quelques heures auparavant, Reegan répéta machinalement :

– Bray? Assassiné?

– Oui. On a trouvé son cadavre dans l'atelier de « Addel et Cie ».

– Bray... à la boutique...

Reegan avala sa salive avec effort, puis se leva lentement :

– C'est faux.

– C'est rigoureusement vrai. Et Marjorie et sa belle-sœur ont été emmenées au Yard. Marjorie a déclaré qu'elle ne connaissait pas Bray. Mais j'ai l'impression que vous le connaissiez, vous. Ne croyez-vous pas que vous feriez mieux de vous expliquer, Reegan? Un agent de police tué cette nuit, et maintenant Arthur Bray : deux cadavres pour l'Adalgo. C'est déjà trop. La police va harceler tous les gens mêlés de près ou de loin à cette histoire, vous comme les autres.

– C'est affreux! c'est affreux! répétait Reegan.

Toute sa combativité semblait s'être envolée et il restait là, immobile et un peu sot, comme un beau marbre grec. Mannering aurait donné cher pour savoir ce qui l'impressionnait tellement : les dangers que courait Marjorie, la mort de Bray, ou l'impossibilité où il se trouvait maintenant de réclamer l'Adalgo...

Il haussa finalement les épaules avec un soupir las :

– Après tout, vous avez probablement raison. Pour aider Marjorie, il faut que vous sachiez la vérité; autant vous la dire tout de suite. D'ailleurs, elle est bien simple. Mon père est collectionneur de diamants. Oh! il n'a pas votre envergure, mais il possède quelques belles pièces. Il y a six mois environ, il a acheté l'Adalgo. Très bon marché, d'ailleurs; et j'ai cru, comme un imbécile, que c'était un diamant passé en contrebande. C'est pour cette raison que j'ai semé la police cette nuit, ou plutôt que je vous ai semé... Mais ce matin, mon père et moi avons eu une petite explication, et je me suis fait traiter de tous les noms, Mannering. Il a acheté cette pierre tout à fait légalement, dans une vente, à un type qui ne savait pas que c'était l'Adalgo.

– Je vois, dit John, songeur.

– Mon père a perdu pas mal d'argent ces derniers temps : il joue à la Bourse... Il a vendu quelques bijoux et, un jour, décidé de sacrifier l'Adalgo. Aussi l'a-t-il confié à Bray, avec qui il a souvent fait des affaires intéressantes. Bray lui a téléphoné cette semaine, en lui affirmant que vous étiez amateur et prêt à payer très cher.

– Et votre père a changé brusquement d'avis?

– Oui et non. C'est la Bourse qui a changé d'avis. Il a gagné un drôle de paquet hier et, comme il ne se séparait qu'à contrecœur de l'Adalgo, il a résolu d'annuler la vente. Mais pas de veine : impossible de toucher Bray. Aussi avons-nous décidé que j'irais vous voir pour vous expliquer toute l'affaire...

– Eh bien, c'était une excellente idée, non? Pourquoi alors m'avoir envoyé Marjorie avec un conte à dormir debout?

Reegan rougit jusqu'aux oreilles et marmonna :

– Nous avons pensé qu'elle aurait plus de chance que moi de vous convaincre... C'est une bonne actrice, vous savez. N'oubliez pas que je pensais que l'Adalgo était une pierre de contrebande. Je ne voulais à aucun prix vous donner mon nom... enfin, celui de mon père. Marjorie était un intermédiaire idéal.

– Mais bien sûr, dit John ironique. Une fille charmante, éplorée...

– Oh! ça va, Mannering! Tout le monde sait que vous appréciez les jolies femmes, bougonna Reegan, de plus en plus embarrassé.

– Je n'en fais pas mystère : ma femme est ravissante, dit John sans se fâcher. Seulement, ce que vous avez fait là porte un nom, mon petit ami.

– Oh! tout aurait pu très bien marcher, poursuivit Reegan, vexé. Mais Marjorie était tellement troublée qu'elle en a oublié le nom de son soi-disant ami Bray. Elle m'a expliqué ensuite qu'elle avait eu un affreux trou de mémoire et qu'elle attendait avec impatience que vous le prononciez enfin, ce nom. Sans succès...

– J'ai écouté patiemment votre petite histoire, Reegan, mais maintenant, vous allez jouer cartes sur table, sans garder de roi dans votre manche. Vous me cachez quelque chose. Pourquoi avez-vous peur de la police? L'histoire du diamant passé en contrebande ne tient plus debout, puisque vous savez maintenant qu'il a été acheté tout à fait légalement. Alors?

– Bon Dieu!... Oh et puis, tant pis! s'écria Reegan. Voilà : mon père est sorti hier soir, après que Marjorie et moi ayons quitté la maison. Il s'est rendu chez Bray, et tous deux se sont violemment disputés... A cause de l'Adalgo. Sacré diamant! Je vais finir par croire que Bray avait raison quand il prétendait que cette foutue pierre porte malheur à tous ses possesseurs...

Reegan était parti, calmé, abattu même, et très pressé d'aller raconter à son père l'entretien qu'il venait d'avoir avec Mannering. John régla quelques affaires courantes et prévint Stearn que, pendant quelques jours, il lui laisserait la charge du magasin.

– Et de l'Adalgo, monsieur? dit le vieux monsieur, inquiet.

– Et de l'Adalgo. Vous n'avez rien à craindre, vous : il ne vous appartient pas, ce porte-malheur!

Le téléphone sonna. C'était Bristow. Stearn s'éclipsa discrètement.

– L'Adalgo est toujours dans la vitrine, John? demanda le superintendant avec une jovialité forcée.

– S'il n'y était plus, j'espère que vous en seriez déjà informé, non? Du nouveau, Bill?

– Oui. Vous saviez parfaitement que le cadavre de Bray se trouvait dans l'atelier. Vous y êtes allé : la serrure a été crochetée, et fort habilement.

– Et alors? Qu'est-ce que ça change? Je ne voulais pas affoler miss Addel.

– Ah! vous avouez! s'écria Bristow triomphant.

– Je n'avoue rien du tout! protesta Mannering. J'ai dit que je ne voulais pas affoler miss Addel, c'est tout. Vous avez trouvé le meurtrier de Bray?

– Non! Il a été tué dans le bureau de miss Addel, et traîné jusqu'à l'atelier. Il est mort vers 9 heures et demie, d'après le médecin. A l'en croire, miss Addel n'était pas à la boutique à cette heure-là. Elle a passé la soirée et la nuit à Guilford, dans la maison dont elle vous a donné l'adresse.

Un imperceptible silence se fit. John sourit de toutes ses dents, mais protesta d'une voix parfaitement sérieuse :

– Elle ne m'a pas donné son adresse, Bill, je vous assure... Si vous voulez me tirer les vers du nez, il faudra vous y prendre un peu mieux que cela.

On entendit un soupir excédé, puis Bristow reprit :

– Vous connaissiez bien Bray?

– Non! Tout juste assez pour regretter sa mort.

– Il ne vous a jamais parlé d'un collectionneur nommé Reegan?

– Non, dit John en toute sincérité.

– Il est allé chez Bray hier soir vers 9 heures.

– Voilà qui est intéressant, murmura John sans se compromettre.

– Plutôt oui : Reegan s'est violemment disputé avec Bray. Ils criaient si fort l'un et l'autre que les occupants du bureau voisin, qui s'étaient attardés sur leurs feuilles d'impôts, sont venus leur demander de faire un peu moins de bruit. Ils ont reconnu Reegan; il venait très souvent voir Bray. Et quand les journaux ont annoncé la mort de ce dernier, ils m'ont aussitôt téléphoné... Comme vous vous en doutez peut-être, le sujet de la dispute, c'était encore votre foutu Adalgo. On m'amène Reegan, il sera ici d'un moment à l'autre.

– Vous l'arrêtez?

– Je l'interroge.

– Ah! bon. Parce que, après tout, Bray n'a pas été assassiné dans son bureau à 9 heures, mais chez miss Addel vers 9 heures et demie...

– Merci beaucoup! Mais vous perdez votre temps à faire l'idiot, John. Vous savez parfaitement que le fils Reegan est au mieux avec Marjorie Addel, puisque vous les avez suivis hier soir jusqu'au domicile de Reegan, à Guilford.

– Moi? J'ai suivi Marjorie, c'est entendu, mais elle m'a semé. Ne prêchez donc pas le faux pour savoir le vrai, Bill. C'est une tactique de femme jalouse, ça, tout à fait indigne d'un officier supérieur du Yard.

On entendit une exclamation indignée, puis Bristow soupira, résigné :

– Après tout, si ça vous amuse... Mais rendez-moi quand même un service, Mannering. Si le fils Reegan vous téléphone ou vient vous voir, faites-moi signe aussitôt. J'ai deux mots à dire à ce jeune homme.

– Quel dommage que vous n'ayez pas appelé plus tôt, dit John d'une voix désolée. Paul Reegan était dans mon bureau, il y a dix minutes.

Puis il attendit l'explosion de colère de Bristow.

Mais c'est d'une voix posée, froide et pleine de menaces que le superintendant reprit :

– Il y a des années que vous vous payez ma tête, Mannering : le pli est pris, vous auriez tort de vous gêner. Mais je vous l'ai déjà dit : un de ces jours, vous dépasserez les bornes. En attendant, puisque vous n'êtes pas digne de la confiance que mes chefs veulent bien vous accorder, je vous convoque officiellement au Yard, pour y être interrogé tout aussi officiellement, comme n'importe quel citoyen mêlé à une affaire de meurtre et de vol. Je ne vois pas pourquoi vous jouiriez d'un régime de faveur alors que vous ne songez qu'à vous moquer de nous pour nous empêcher de travailler. Dépêchez-vous, je vous attends.

Un silence se fit. Puis Mannering dit doucement :

– C'est fini, oui? Parce que si je vous comprends bien, Bill, vous me reprochez de ne pas être doué de seconde vue? Il aurait fallu que je devine que vous recherchiez Paul Reegan, moi! Et quand il est entré dans mon bureau, tout à l'heure, j'aurais probablement dû lui déclarer : jeune homme, quelque chose me dit que le superintendant William Bristow désire vous interroger. Allez vite au Yard... C'est Forsythe qui va rire quand je lui raconterai cela!

Bristow ne répondit rien. John poursuivit avec le même machiavélisme :

– Vous me demandez si Bray m'a parlé d'un nommé Reegan. Le père. Je vous dis non. Si vous m'aviez demandé si je connaissais le fils, je vous aurais dit oui tout de suite. Je ne vous ai pas menti, que je sache? Interrogez-moi, si vous voulez; mais je vous préviens tout de suite que je ne parlerai qu'en présence de mon avocat. Et c'est Toby Plender! Vous allez vous amuser!

Excédé, Bristow s'écria énergiquement :

– Allez au diable, Mannering! Mais restez-y, et foutez-moi la paix!

– William... si ma belle-mère vous entendait! Elle

qui prétend que vous êtes l'homme le plus courtois qu'elle ait jamais rencontré! Je n'irai certainement pas au diable, parce que vous avez besoin de moi. Si quelqu'un peut vous aider, dans cette histoire, c'est moi et pas un autre. Au cœur de toute cette affaire, Bill, il y a l'Adalgo. Ou plutôt les Adalgo. Le vrai, les faux et les faux faux.

– Vous ne pourriez pas parler clairement? dit Bristow radouci.

– Eh bien, le vrai, c'est celui de ma vitrine. Et les vrais faux, les diamants à reflet rose, taillés à sa ressemblance et qui, sans avoir la valeur historique de leur modèle, sont quand même d'assez jolis cailloux. Enfin les faux faux, les imitations, toujours avec le fameux reflet rose, naturellement. Or, je suis le seul à savoir d'où viennent les sosies de l'Adalgo, les vrais comme les faux. Et, sans me vanter, il m'est plus facile qu'à vous d'avoir des tuyaux sur leurs allées et venues.

– Si vous êtes à tu et à toi avec tous les receleurs de Londres, gronda Bristow, il n'y a vraiment pas de quoi vous vanter.

– Notez bien, Bill, que je ne fais même pas appel à votre reconnaissance. Pourtant, sans moi, vous risquiez fort de découvrir l'assassinat de Bray dans quelques semaines seulement.

Bristow mit bas les armes :

– Oh! après tout, continuez à vous mêler de ce qui ne vous regarde pas! Mais d'abord, vous allez prendre votre stylo et me faire le compte rendu exact de tout ce que vous avez appris. Et je ne vous conseille pas de mentir, sans quoi je vous fais coffrer pour complicité, tout Mannering que vous soyez. Et n'oubliez pas de signer votre déposition!

– D'accord, je vous obéis. Mais c'est bien parce que je vous aime tendrement, William.

Bristow raccrocha brusquement et John se mit à rire. Pourtant il savait que Bristow avait raison : un de ces jours, il irait trop loin; et si Poids-Lourd se trouvait alors dans les parages, il n'y aurait plus de Mannering, mais seulement le Baron, menottes aux poings.

Pendant une heure, docilement, il prit des notes détaillées, et scrupuleusement exactes. Il s'abstint simplement de signaler qu'il avait découvert le premier le cadavre de Bray (c'était un détail qui ne regardait que le superintendant et lui-même) et que Marjorie lui avait donné l'adresse de la villa de Reegan.

– Si jamais elle dit le contraire, je soutiendrai que je n'ai pas compris, murmura-t-il; avec un nom pareil, tout le monde me croira : Maria del Mar!

Puis il sortit et se dirigea vers Poids-Lourd, toujours en faction.

– Inspecteur, vous allez vous fatiguer. Vous ne voulez pas prendre une tasse de thé avec Mr Stearn?

– Le superintendant m'a interdit de vous laisser partir si vous ne me remettiez pas d'abord votre déposition, dit Poids-Lourd avec sévérité.

– Voilà ma déposition, inspecteur, autographe, lue, relue et signée. J'ai même fait un paraphe supplémentaire. Vous croyez que le Yard sera content?

– Si elle est exacte, oui, monsieur, répliqua Tring sans se dérider.

– A propos, inspecteur, j'ai entendu dire que vous aviez décidé d'arrêter le Baron?

Tring rougit jusqu'à la racine de ses cheveux pâles, mais répliqua fermement :

– Oui, monsieur.

– Eh bien, bonne chance! dit gentiment Mannering, avec un sourire bon enfant.

Et il s'éloigna d'un pas allègre.

Dans l'appartement des Mannering, tout était parfaitement silencieux. John referma la porte d'entrée derrière lui et se souvint que Judy, la petite bonne, avait un rendez-vous « chez le dentiste ». Ni Lorna ni John n'ignoraient que le « dentiste » de Judy était un beau garçon qui n'avait de sa vie touché une pince ou une roulette. John retint un sourire et appela doucement :

– Lorna !

Mais le salon, comme la chambre de Lorna, étaient déserts. Brusquement inquiet, John ouvrit la porte de son bureau. Sous le portrait de jeune garçon du Caravage, au sourire ambigu et moqueur, Larraby, enfoui dans un fauteuil, dormait profondément. Ses cheveux blancs lui faisaient une tête de patriarche.

– C'est Booz endormi lui-même, murmura John.

Puis il appela à voix haute :

– Larraby !

Le clochard sursauta et se frotta les yeux. Ses premiers mots furent pour s'excuser.

– Je suis navré, Mr Mannering. Vraiment navré. Je n'aurais pas dû m'endormir : Mrs Mannering m'a demandé de rester ici pour vous transmettre un message. Mais la chaleur...

– Aucune importance, interrompit John, distrait. (Comment Lorna avait-elle pu laisser Larraby seul ici ?) Et qu'est-ce que c'est, ce message ?

Se levant, le clochard récita sa leçon avec application :

– Mrs Mannering a été appelée au téléphone vers 4 heures. Elle s'est habillée et est partie aussitôt. Elle a dit que, dès votre retour, il vous faudrait téléphoner à Mr Leverson, Wine Street, Aldgate.

Et Larraby étouffa un bâillement discret. Se pouvait-il vraiment qu'il ignorât la personnalité de Flick Leverson pour mentionner son nom avec une pareille indifférence ? Comme si Larraby, ancien joaillier et, qui plus est, « passé de l'autre côté de la barricade », pouvait ne pas connaître le plus grand receleur de Londres ! Mais c'était là une question qui pouvait attendre sa réponse. En revanche, il était urgent d'appeler Flick. Si Lorna avait quitté précipitamment l'appartement sur un coup de fil de Leverson, c'est qu'il se passait quelque chose d'important.

John se dirigea vers le téléphone posé sur son bureau et composa le numéro de Flick.

Un petit bourdonnement impératif se fit entendre. Personne ne vint décrocher.

Surpris, John raccrocha pour composer à nouveau le numéro de Leverson et attendit. Larraby ne le quittait pas des yeux. Son regard bleu, triste et fatigué, s'était subitement terni.

Le bourdonnement résonnait toujours, sans succès : à l'autre bout du fil, personne ne répondait.

X

– C'est curieux, dit John en raccrochant, agacé et inquiet.

– Il n'y a personne? demanda timidement Larraby.

– On dirait que non... Larraby, je ne peux pas vous retenir, vous pouvez rentrer chez vous.

– Oh! il y a bien longtemps que je ne rentre plus chez moi, dit le clochard sans la moindre amertume. Avant mon... erreur, j'avais une maison agréable, une femme et une petite fille. J'aimais bien ma maison, j'adorais ma femme et ma fille. Et pourtant j'ai perdu la tête... Ma femme a un sens de l'honneur très strict; trop, peut-être, puisqu'elle n'a pas voulu me revoir. C'est pour cela que je vous demandais tout à l'heure si vous croyez que j'ai une chance de trouver un jour un emploi honnête.

Il parlait avec une simplicité touchante et, malgré son inquiétude, John l'écoutait, conquis; soudain, il saisit le clochard par le bras :

– Larraby, où allez-vous dormir cette nuit?

– Comme d'habitude...

– Dans un asile, hein?

– Eh bien...

– Je m'en doutais. C'est malin! Alors qu'il y a deux chambres d'amis vides ici.

Pétrifié de surprise, Larraby ouvrit tout grands ses yeux dont le bleu s'était ravivé :

– Ici?

– Et pourquoi pas? Josh, vous savez ce qui se passe en ce moment?

Le clochard eut un geste vague :

– Pas très bien, non.

– C'est un complot pour s'emparer de l'Adalgo. Vous ne le saviez pas?

Sans répondre à la question de Mannering, Larraby dit lentement :

– J'espère que vous n'offrirez jamais cette pierre à Mrs Mannering. Je connais bien son histoire, maintenant...

– Répondez-moi, Josh : vous ne savez rien de ce complot?

– Rien, dit Larraby, avec la dignité paisible qui le quittait rarement.

– Je suis probablement idiot, mais je vous crois. Seulement la police n'est pas de mon avis. Si je me trompe sur votre compte, vous retournerez en prison, et pour un moment!

– J'aimerais mieux me tuer que vous trahir, monsieur, déclara Larraby.

La phrase était mélodramatique à souhait, mais le ton de Josh ne prêtait pas à rire. John fouilla dans sa poche et y prit quelques billets de dix livres et une petite clef plate.

– Allez vous acheter un autre complet, Josh, et revenez ici. Voilà la clef. La place ne manque pas. Et surtout ne vous faites plus de souci pour votre avenir. Ce qu'il peut vous arriver de plus ennuyeux, maintenant, c'est de poser pendant trois semaines au moins pour ma femme. J'y suis passé avant vous, ce n'est pas une partie de plaisir.

Sans un mot, Larraby tourna les talons, se dirigea vers la porte et disparut dans le vestibule. John décrocha à nouveau le téléphone et se prépara à faire encore une fois le numéro de Leverson. Mais un coup de sonnette retentit. Larraby, qui se trouvait devant la porte de l'appartement, ouvrit immédiatement. Et on entendit la voix autoritaire de Paul Reegan qui s'écriait tout haut :

– Larraby! qu'est-ce que vous faites ici?

John composa le numéro de Scotland Yard et, le plus doucement possible, déclara :

– Prévenez Bristow que Paul Reegan est chez John Mannering. Urgent.

Tandis que Larraby répondait avec une brusquerie tout à fait surprenante :

– Je suis venu voir Mr Mannering.

La voix arrogante de Reegan retentit à nouveau :

– Vous avez fait ça?

– Et pourquoi pas? Au revoir, Mr Reegan.

La porte claqua : Larraby était sorti. Mannering n'avait pas lâché son téléphonc; lentement, il composa pour la troisième fois le numéro de Leverson : le bourdonnement monotone reprit, ininterrompu...

Sur le seuil du bureau, Reegan apparut et demanda d'un air furieux :

– A qui téléphonez-vous?

– A ma femme, répondit aimablement Mannering.

– Ah... Et ce type-là, que faisait-il chez vous?

– Lui! Rien; c'est ma femme qui, elle, fait son portrait.

– Le portrait de Larraby! Il faut vraiment qu'elle soit à court de modèles! Vous ne savez peut-être pas qu'il sort de prison.

– Mais si. Et alors?

– Mon père n'a jamais eu confiance en lui, dit Reegan d'un air vague.

– Ils ont travaillé ensemble?

– Dans le temps, oui. Dites donc, il n'a pas l'air de répondre, votre numéro.

– Non, dit John en raccrochant. J'ai horreur de

poser des questions indiscrètes, Reegan, mais je voudrais quand même bien savoir ce qui vous amène.

– Je crois que vous êtes un type très occupé, mais vous vous souvenez peut-être que mon père s'est querellé avec Bray?

– Je suis très occupé, oui, mais je m'en souviens parfaitement. Et alors?

– Et alors, il a passé une heure à Scotland Yard où ils ont eu le culot de l'interroger sur toutes les coutures. Les salauds! Il est fatigué, malade... Enfin, ils ont bien été obligés de le relâcher. Il vient de rentrer à la maison; je lui ai téléphoné et savez-vous ce qu'il m'a dit? De vous demander d'aller le voir.

– Tiens! Et pourquoi?

– Je n'en ai aucune idée. Vous acceptez?

– Oui. Quand j'aurai le temps.

– Merci.Vous êtes un frère! dit Reegan, subitement illuminé. Maintenant, je file.

– Vous croyez? murmura Mannering. A votre place, je réfléchirais.

Il essayait de gagner du temps : si jamais les envoyés de Bristow ne trouvaient pas l'oiseau au nid, John risquait fort de se faire allonger les oreilles.

– Réfléchir? Et pourquoi cela?

– La police vous a vu entrer ici. Mon escalier est truffé d'alguazils.

Reegan serra les poings :

– Vous m'avez tendu un piège!

– Vous ne pouvez pas vous conduire de temps à autre en grand garçon, non? Comment voulez-vous que je vous aie tendu un piège, puisque je ne savais pas que vous deviez venir?

Reegan haussa les épaules :

– Admettons.

– Avant que vous ne partiez, dit John, je voudrais quand même résumer tout ce que vous m'avez raconté : vous avez besoin de mon aide; Marjorie également; et votre père désire me voir. Vous vous fichez de la police, mais vous vous mettez en colère quand on vous annonce qu'elle voudrait vous interroger. C'est bien cela?

La sonnette retentit.

– Si vraiment vous voulez vous mettre dans de sales draps, Reegan, vous n'avez qu'à refuser de suivre le type qui vient vous chercher...

Il alla ouvrir. Poids-Lourd apparut, la mine rébarbative.

– Vous avez abandonné votre faction devant Quinn's? Ce n'est pas très prudent, dit Mannering d'un ton sévère.

– Je viens chercher Mr Reegan. Il est là?

– S'il est là? Mais il vous attend impatiemment.

– Voulez-vous me suivre pour faire votre déposition, monsieur? dit Poids-Lourd à Reegan en tirant une carte de sa poche. Je suis le sergent Tring, de Scotland Yard.

– Comment, vous n'êtes plus inspecteur? Déjà dégommé? s'écria Mannering.

– Je ne peux pas m'habituer à dire « Inspecteur », Mr Mannering.

– Ça viendra, Tring!

– Oui! quand je serai à la retraite. Vous voulez bien me suivre, monsieur?

– Est-ce que je suis obligé d'aller avec lui, Mannering? demanda Reegan, comme un collégien qui demande la permission d'allumer une cigarette.

– Non. Mais à votre place, j'irais...

Les deux hommes partis, Mannering composa pour la quatrième fois le numéro de Leverson. Il s'imaginait la sonnerie résonnant dans la ravissante petite maison qu'habitait Flick, où le Baron avait souvent trouvé un conseil et un abri. Lorna n'était ni distraite ni étourdie : si elle lui avait dit de l'appeler chez Leverson, c'est bien qu'elle comptait s'y trouver... Alors que se passait-il? Il ne restait plus qu'à y aller!

Dans l'escalier, John interrogea un policier en civil qui lui apprit que Lorna était partie à 16 h 3, d'un pas rapide. Un autre policier qui faisait les cent pas devant l'immeuble ajouta que la jeune femme s'était éloignée à pied, mais avait été rejointe par un jeune homme blond, vêtu d'un imperméable et coiffé d'un feutre cabossé. Lorna et le jeune homme étaient montés dans une petite Morris noire décapotable, qui avait démarré aussitôt.

– Un jeune homme qui est venu me voir apres déjeuner, non? demanda John.

– Si, monsieur.

C'était Forsythe. John se sentit un peu rassuré, et partit pour Wine Street, Aldgate.

Grand, les cheveux argentés, manchot – un souvenir de la guerre de 14 –, cultivé, courtois, expert indiscuté en pierres précieuses et en porcelaines anciennes, Leverson avait rapidement fait la conquête du Baron par son esprit et par son cœur. John avait trouvé en lui un guide sûr dans le monde hostile des receleurs, toujours méfiants, toujours prêts à trahir un client; de guide, Leverson était devenu conseiller et ami. Flick avait suivi de près la carrière du Baron, le tirant souvent d'un mauvais pas. Puis Leverson avait fait la connaissance de Lorna, qui elle aussi s'était prise d'amitié pour lui. Et, bien vite, il avait commencé à faire la morale à Mannering; une morale d'autant plus convaincante que lui-même s'était « rangé des voitures » comme il le disait.

– Laissez tomber, John, répétait-il sans se lasser. Ce n'est pas une vie pour Lorna... Vous finirez par vous faire prendre...

Quand le Baron s'était métamorphosé en détective, Flick avait continué à suivre de près les opérations, toujours intéressé et souvent amusé par les situations extravagantes où se fourrait Mannering en travaillant à la fois contre et avec la police.

Si Flick avait téléphoné à Lorna, c'est parce qu'il avait appris quelque chose sur l'Adalgo...

Perdu dans ses pensées, Mannering roulait doucement. Il finit quand même par arriver dans Wine Street. La première personne qu'il aperçut dans la rue aux maisons de brique rouge, toutes identiques, ce fut Josh Larraby.

John arrêta sa voiture devant la maison de Flick et Larraby s'approcha.

– J'aurais pourtant cru que vous ne connaissiez pas Leverson, Josh..., remarqua John en descendant.

– Mais je ne le connais pas, monsieur, dit Larraby très naturel. Seulement lorsque je vous ai quitté tout à l'heure, j'ai réfléchi à toute cette histoire de complot. Elle me tracasse, moi aussi. Je me suis demandé si je ne pourrais pas vous aider et je suis venu ici, à tout hasard.

L'explication était plausible. Sans répondre, John alla sonner à la porte de Leverson. Un timbre clair retentit discrètement; mais personne ne vint ouvrir.

– Ce qui m'étonne, expliqua Mannering, c'est que Leverson a une femme de chambre-secrétaire-femme de confiance, appelez ça comme vous voudrez, qui ne quitte pratiquement jamais la maison, surtout quand son maître est absent, car la maison de Leverson est un véritable musée... Ce qui me fait penser qu'il a dû se passer quelque chose de grave. Il y a longtemps que vous êtes arrivé, Josh?

– Dix minutes environ, monsieur. Personne n'est entré, personne n'est sorti. Un jeune homme est passé dans une petite Morris décapotée; en arrivant à la hauteur de la maison, il a ralenti presque jusqu'à s'arrêter, a klaxonné, puis est reparti lentement.

– Un jeune homme blond?

– Oui, monsieur...

Encore Forsythe...

– Il n'y a qu'une solution, dit John, nous allons entrer chez Flick. Nous sommes assez intimes lui et moi pour qu'il ne m'en veuille pas si jamais il ne s'est rien passé.

– Entrer... mais comment? La porte est fermée.

– Ne craignez rien, Josh, je n'ai pas l'intention de casser un carreau! Surtout pas en plein jour, dans une rue passante et avec un agent de police qui fait les cent pas au bout de la rue! Non, je vais au contraire aller trouver l'agent, lui expliquer ce qui se passe et, sous sa tutelle et avec l'aide d'un serrurier, nous entrerons sans effraction. D'ailleurs, je serais bien incapable de fracturer une serrure! ajouta John.

Sur cet énorme mensonge, il se dirigea vers le représentant de l'ordre qu'il avait aperçu en arrivant. John le rappela en criant :

– Monsieur! La voiture noire revient.

John se retourna : Forsythe apparaissait en effet et s'arrêtait devant la maison de Leverson.

– Qu'est-ce que je dépense comme essence, dans cette histoire, moi! s'écria-t-il gaiement. Aldgate-Chelsea-Aldgate en un temps record. Et en seconde la moitié du trajet... Pourquoi êtes-vous planté devant cette porte, Mannering?

– Peut-on savoir d'abord ce que vous faites là, vous? Vous passiez par hasard, probablement?

– Pas tout à fait, avoua le reporter. Je vous cherche partout. J'ai déposé votre femme ici vers 4 heures et demie. Je l'ai rencontrée dans Green Street, où je passais...

– ... par hasard, interrompit Mannering.

– Evidemment! Mrs Mannering cherchait un taxi, je lui ai offert de l'accompagner.

– Toujours galant, Forsythe. Mais je connais Lorna; vous avez dû en être pour vos frais.

– Vous avez raison! Elle est aussi peu bavarde que Bristow, dans un autre genre – le genre aimable. Il n'y a pas eu moyen de lui faire dire pourquoi elle voulait aller chez Leverson. Mais comme je suis extrêmement intelligent et que je connais bien votre ami Leverson, je suppose qu'il a un tuyau intéressant sur l'Adalgo

– Voilà pourquoi vous passez et repassez... par hasard! dit John.

– Eh oui! J'ai quand même eu le temps de faire un petit tour au Yard. Bristow a relâché les deux sirènes, la brune et la blonde, et convoqué pour l'interrogatoire un nommé Reegan... Mais vous avez l'air bien dans la lune, Mannering? Et d'abord, vous ne m'avez pas expliqué pourquoi vous êtes devant cette porte et pas derrière?

– Parce qu'il n'y a personne chez Leverson.

– Inquiet?

– Non... intrigué. Je vais essayer de me faire ouvrir la porte par...

Il s'interrompit brusquement et reprit d'un ton pressé :

– Forsythe, vous voyez cette Morris vert bouteille qui arrive là-bas? C'est Bristow. Ecoutez-moi bien, sans discuter : vous allez filer immédiatement chez moi, et m'y attendre. Sans bouger. Si Lorna téléphone, dites-lui que je lui ordonne – vous avez bien entendu, ordonne – de rentrer le plus rapidement possible à la maison. En échange, je vous donne ma parole que s'il s'est passé quelque chose ici, je vous en informerai en détail.

– Ça va, dit Forsythe. Quand on me parle avec autorité, je suis incapable de résister, moi. Vous avez une clef?

– Larraby en a une. Emmenez-le avec vous, Teddy. Et droppez.

Sans un mot, Larraby monta dans la Morris noire qui s'éloigna aussitôt tandis que la Morris verte venait prendre sa place devant Mannering, toujours immobile sur le trottoir. Bristow en descendit, l'œil soupçonneux, suivi d'un jeune sergent.

– A qui parliez-vous, Mannering?

– A Forsythe, dit négligemment John. Il passait par hasard. Vous aussi, probablement?

– Et vous? Vous revenez à vos anciennes amours, je suppose? Une petite visite à Leverson pour parler du bon vieux temps... ou de l'Adalgo?

Et Bristow appuya vigoureusement sur la sonnette de la porte d'entrée.

– Vous savez très bien que je n'ai jamais cessé de voir Flick et que c'est un de mes meilleurs amis, observa John. Mais pour l'instant, je cherche ma femme, qui devrait se trouver ici. Or, elle n'y est pas, Flick non plus et Janet pas davantage. Oh! vous pouvez carillonner... Il y a cinq minutes au moins que je suis là.

Bristow se tourna vers le sergent et lui indiqua la porte d'un geste explicite. Le sergent prit un canif dans sa poche et se pencha sur la serrure.

– Vous pourriez quand même vous offrir des passe-partout, dans la police, constata Mannering qui suivait d'un œil critique les gestes du sergent.

– Nous en avons, ne craignez rien! Mais je ne m'attendais pas à trouver une porte fermée...

– Et votre grand axiome, Bill! « Dans mon métier, il faut s'attendre à tout, tout le temps! » J'espère au moins que vous avez un mandat de perquisition. Flick est assez susceptible...

– J'en ai un, dit sèchement Bristow. Entre nous, Mannering, vous avez eu une riche idée de ne pas essayer d'entrer. L'agent du coin de la rue m'a dit que vous n'aviez pas bronché...

– Il me surveillait? Pour une fois je ne me suis aperçu de rien. Vos hommes font des progrès. Pourquoi me dites-vous que j'ai eu une riche idée?

– Je vous expliquerai cela tout à l'heure!

Le sergent se relevait avec un sourire triomphant :

– Voilà, monsieur.

Bristow pénétra dans le hall peu éclairé, suivi de John. La maison était parfaitement silencieuse.

Sans hésiter, le superintendant se dirigea vers la pièce où Flick se tenait le plus souvent, le salon, transformé par le receleur en un véritable musée. Chaque fois qu'il entrait dans cette pièce aux proportions harmonieuses, aux fenêtres ouvertes sur un jardin plein de soleil et de fleurs, John se sentait rassuré et apaisé. Un visage familier, malicieux et tendre, lui sourit : une petite fille, peinte par Renoir...

Précédant John, Bristow s'était avancé. Soudain il s'arrêta, avec un haut-le-corps horrifié. Pour qui connaissait le policier, toujours parfaitement maître de lui, c'était la marque d'une violente émotion. Aussitôt Mannering sentit une main glacée lui tordre le cœur. Serrant les dents, il s'avança lui aussi; mais il faillit fermer les yeux, tant il avait peur de voir, étendue sur le sol, inerte, une silhouette gracieuse et bien connue... Lorna...

Son regard tomba sur une paire de chaussures d'homme, pointues et admirablement cirées. Puis sur un pantalon bleu marine, une manche vide, et une chevelure argentée, rougie de sang.

Flick était mort. Sauvagement assassiné, le crâne défoncé.

Son unique main était crispée sur un objet inconnu. A côté, sur le tapis, plusieurs diamants taillés à la ressemblance de l'Adalgo brillaient d'un éclat sinistre.

XI

Bristow et John restèrent silencieux, pendant un moment qui parut interminable au jeune sergent debout sur le seuil du grand salon. Puis, sans tourner la tête, Bristow dit d'une voix morne :

– Il y a un téléphone, dans la cuisine, sergent. Allez prévenir le Yard. Qu'ils amènent immédiatement le nécessaire...

Le sergent avala sa salive, murmura faiblement : « Bien, monsieur » et disparut.

S'agenouillant à côté du corps immobile, Mannering tourna doucement le visage de Leverson vers lui : les paupières fermées, paisible, presque souriant, le vieux receleur gardait dans la mort l'expression de dignité affable qui le quittait si rarement de son vivant. Les yeux de John se brouillèrent.

– Ne touchez à rien, dit brusquement Bristow.

Sans daigner répondre, Mannering ouvrit sans précaution la main fermée de son vieil ami : deux autres diamants apparurent.

– Il peut y avoir des empreintes, poursuivit Bristow sur le même ton.

– Oui, celles de Flick probablement!

Et John prit les diamants, les examina machinalement, puis les replaça dans la main de Leverson, en disant :

– Ce sont des imitations.

– Vous les avez déjà vues?
– Oui.
– Où cela?
– Ce sont celles que l'on m'a volées, la nuit dernière.
– Alors Leverson avait bien repris son métier! dit Bristow, amer.
John se leva rapidement :
– Vous n'êtes qu'un flic, Bristow, et vous ne serez jamais qu'un flic, avec une cervelle et un cœur de flic. Leverson ne pouvait pas empêcher qu'on vienne lui proposer des bijoux, non? volés ou pas! Mais il y a des années qu'il n'a pas acheté une pierre volée et vous le savez très bien.
– Alors, que font ces diamants ici?
– Non seulement vous êtes un flic, mais un flic particulièrement borné, dit Mannering avec une rage froide que Bristow ne lui avait jamais connue. Vous vous imaginez que Leverson aurait acheté des imitations? Lui?
Bristow baissa les yeux sans répondre.
– On est venu lui proposer ces cailloux, poursuivit Mannering, et il a aussitôt téléphoné chez moi, sachant que cette histoire m'intéressait. Comme j'étais absent, Lorna est venue ici à toutes jambes. Vous ignoriez cela. Vos hommes ne vous ont probablement pas prévenu que Lorna était sortie, pas plus d'ailleurs qu'ils n'ont eu l'idée de la suivre! Voilà pourquoi nous entretenons une police : pour faire le pied de grue devant mon appartement, ou devant Quinn's; mais quand il se passe vraiment quelque chose, plus de police! Disparue! Envolée!
– Je suis là, il me semble, dit Bristow sans se fâcher, ému par la douleur qui bouleversait les traits réguliers de Mannering.
– Tiens, c'est vrai! Et peut-on savoir par quel hasard?

– Ce n'est pas un hasard. On m'a téléphoné tout à l'heure que Leverson avait chez lui des bijoux volés.

– Qui vous a téléphoné?

– Je n'en sais rien, dit Bristow avec une sincérité évidente.

– Moi, je le sais! Mes voleurs de cette nuit! Ils ont apporté les diamants ici, sachant très bien que Leverson me préviendrait immédiatement. Puis ils ont mouchardé, espérant que vous arriveriez dare-dare pour nous prendre la main dans le sac, Leverson et moi.

– C'est possible, murmura Bristow.

– C'est même certain! Maintenant, écoutez-moi bien, superintendant. Premièrement, Lorna a disparu et je vais m'occuper de la retrouver. Mais ensuite je n'aurai de repos jusqu'à ce que l'ignoble salaud qui a descendu Leverson soit à la morgue ou sous les verrous. Personne ne m'empêchera de le coincer. Ni vos hommes, ni vous, ni Poids-Lourd! Et s'il faut faire appel au Baron pour mettre la main sur ce tueur, je n'hésiterai pas une seconde.

Les yeux noisette étincelaient, pleins de défi.

– Mannering, dit tranquillement Bristow, aussi surprenant que cela puisse vous paraître, Leverson avait toute mon estime. Pour lui, et par amitié pour vous, je peux donc bien oublier votre dernière phrase. Mais laissez-moi vous dire quelque chose : les gens qui ont tué Harris, Bray et Leverson n'hésiteront pas une seconde à abattre impitoyablement tous ceux qui peuvent les gêner. Quand vous aurez retrouvé Lorna, vendez l'Adalgo et tenez-vous tranquille. C'est le conseil que vous aurait donné Leverson.

On entendit un bruit de portes, de voix et de pas pressés. Quatre hommes apparurent, portant une valise noire, une caméra, un petit aspirateur... C'étaient les hommes du service des empreintes.

John jeta un dernier regard sur le visage paisible de Leverson :

– C'est probablement en effet le conseil qu'il m'aurait donné, Bristow, car c'était un ami fidèle. Comme vous. Mais, pour une fois, je ne l'aurais pas suivi, ce conseil. Je ne vendrai pas l'Adalgo avant d'avoir retrouvé l'assassin de Leverson.

Et, tournant les talons, Mannering s'éloigna rapidement.

– Allez-y, messieurs, dit Bristow avec un geste las. Mais doucement, hein! Ce n'est pas un appartement ordinaire. Et Mr Leverson n'était pas n'importe qui...

Quand tout le monde, des photographes aux ambulanciers, eut terminé son travail, il était près de 9 heures et demie. Bristow alluma une cigarette et jeta un regard autour de lui : sur une table d'argent ciselé qu'affectionnait particulièrement Leverson, des roses rouges se fanaient lentement. Dans son cadre doré, la petite fille souriait toujours, et toute la pièce semblait attendre le retour de son propriétaire...

– Nom de Dieu de nom de Dieu...! dit très haut le policier. Il y a des dizaines de receleurs à Londres, et naturellement, il a fallu que ce soit Flick...

Il se sentait fatigué et découragé : les hommes du service des empreintes n'avaient rien trouvé, si ce n'est, sous un fauteuil, un petit gant blanc et parfumé qui appartenait certainement à Lorna. Bristow décrocha le téléphone en soupirant et appela le colonel Anderson-Kerr à son domicile. La voix brève et décidée de son supérieur lui répondit aussitôt. Bristow le mit rapidement au courant, en concluant :

– Les rapports de mes hommes coïncident tous : Mrs Mannering a quitté Green Street; on l'a suivie jusque chez Leverson et elle en est ressortie peu après. Au coin de Wine Street, un taxi en maraude s'est approché d'elle et elle y est montée. Gordon, notre homme, a eu l'impression qu'il y avait quelqu'un dans le taxi. D'ailleurs, le taxi s'est dépêché de le semer et le numéro relevé par Gordon est un faux numéro.

– Ce qui signifierait que Mrs Mannering a été enlevée?

– Oui, monsieur. En plein centre de Londres.

– Et pourquoi, d'après vous?

– Je pense que la bande de tueurs qui a descendu Harris, Bray et maintenant Leverson cherche par tous les moyens à s'emparer de l'Adalgo. Ils vont probablement proposer un petit échange à Mannering : sa femme contre le diamant.

– Et Mannering acceptera?

– Oui et non. Il reprendra sa femme d'abord, le diamant ensuite!

– Nous n'avons donc plus qu'à attendre! Que vous a dit Mannering d'intéressant?

– Que je n'étais qu'un flic, monsieur.

Le colonel eut un petit rire :

– Pauvre Bristow! Où en sommes-nous, alors?

– Tout le monde a été relâché, monsieur : les deux Addel et les deux Reegan. Rien à leur reprocher : ils ont tous des alibis. Le meilleur est celui de Zara Addel, qui est restée chez des amis jusqu'à 2 heures du matin, à écouter des disques de guitare qu'ils venaient de recevoir. Marjorie Addel a passé la soirée à « Maria del Mar » et les Reegan également. C'est du moins ce qu'ils prétendent tous les trois.

– Je vois... Echange de bons procédés... Des alibis mutuels, hein?

– Oui, probablement. Mais corroborés par deux domestiques qui n'en démordront pas. Des Espagnols, à propos.

– Qu'est-ce que vous dites? Je n'ai pas compris.

– Que les domestiques de Reegan sont espagnols. Comme Zara Addel, et comme l'Adalgo. Zara Addel est bien la belle-sœur de Marjorie. Elle a épousé son frère, mort en France, en 1944.

– Conclusion?

– Conclusion? Nous en sommes à trois meurtres,

monsieur. Je crois qu'il vaudrait mieux armer nos hommes maintenant.

– Entendu.

– Ça ne va pas plaire au Home Office, objecta Bristow.

– Je m'en fous, dit gentiment le colonel. Et, d'après vous, que va faire Mannering?

– Retrouver sa femme, ses bijoux et venger Leverson, monsieur.

Le petit rire du colonel retentit à nouveau :

– Et une fois encore nous apporter les assassins tout empaquetés?

– C'est plus que probable!

Bristow raccrocha et resta un moment hésitant, la main sur le téléphone, se demandant s'il fallait ou non prévenir sa femme qu'il ne rentrerait que très tard à la maison...

Mannering, lui, était rentré directement à Chelsea pour y trouver Larraby et Forsythe installés dans le salon, buvant de la bière et feuilletant avec intérêt le grand album où étaient photographiés les bijoux les plus célèbres du monde entier.

– Mon vieux, dit Forsythe, j'ai l'impression que votre Adalgo mérite son surnom! je...

– Aucune nouvelle de Lorna? demanda brusquement Mannering.

Larraby secoua lentement la tête, ses yeux bleus pleins d'inquiétude.

– Donnez-moi donc à boire, Forsythe, poursuivit John sur le même ton. A moins que cela ne vous fatigue, évidemment...

Forsythe lui jeta un regard surpris :

– De mauvaise humeur, vous? On aura tout vu. C'est la disparition de votre femme qui vous tarabuste? Elle est peut-être tout simplement en train d'essayer des chapeaux, elle m'a parlé d'une certaine Francine...

– Allez donc décrocher le téléphone, à côté, Teddy, au lieu de dire des sottises, et annoncez à votre rédaction que Flick Leverson, antiquaire retiré des affaires, a été sauvagement assassiné dans sa ravissante maison de Wine Street, où le superintendant Bristow, alerté par un appel anonyme, l'a trouvé le crâne défoncé. Aucun indice, aucune empreinte, personne aux alentours. Ne parlez pas de moi.

– Leverson assassiné! s'écria Forsythe d'une voix excitée. Ça alors, c'est de la copie!

– N'est-ce pas, dit John en serrant les dents.

Forsythe disparut dans le bureau voisin.

Puis se tournant brusquement vers Larraby qui s'était levé, l'air atterré, John lui demanda sèchement :

– Pourquoi faites-vous cette tête-là, puisque vous ne connaissiez pas Leverson! Et pourquoi surtout étiez-vous devant sa porte tout à l'heure?

– Je vous l'ai déjà dit, murmura le clochard, décontenancé. Je voulais vous aider...

– C'est ce que vous dites, oui. Reste à savoir si c'est vrai!

– Si c'est vrai? Mais...

Soudain, Larraby explosa et s'écria d'une voix indignée :

– Pourquoi vous méfiez-vous ainsi de moi, Mr Mannering? Faites-moi confiance, ou fichez-moi à la porte, mais ne m'accablez pas d'allusions et de soupçons chaque fois que vous me voyez. Je préfère crever de faim et ne pas continuer à être traité de cette façon!

Il se précipita vers la porte d'entrée, renversant une chaise sur son passage, et John s'aperçut qu'il avait les yeux pleins de larmes.

Mal à l'aise, Mannering ne fit pourtant rien pour retenir le clochard qui sortit en claquant la porte au moment où Forsythe réapparaissait, encore plus excité qu'avant :

– Ils ne savaient encore rien! Vous êtes un type formidable, John, un frère, un...

– Je n'en suis pas tellement sûr, Teddy, dit John songeur. Que pensez-vous de Larraby?

Forsythe lui lança un regard perçant et répondit, sérieux :

– C'est un brave garçon, à ce qu'il paraît. Il vous adore tous les deux, avec un petit faible pour Lorna, évidemment; ce n'est pas moi qui l'en blâmerais... C'est son humilité qui surprend le plus. De nos jours, on n'a plus guère l'occasion de voir quelqu'un qui se repent sincèrement de ses fautes et les avoue. Tout le monde vous sort une excuse à tout!

– Eh bien, si vous le rencontrez dans l'escalier ou dans la rue, dites-lui que je voudrais lui parler. Et insistez.

– Entendu, dit Forsythe. Mannering, que fait-on au sujet de votre femme? Voulez-vous que je vous donne un coup de main, ou que j'aille raconter partout qu'elle a été enlevée, ou encore que je me taise?

– Rassurez-vous, Teddy, pour une fois, je ne vous demanderai pas de vous taire. Au contraire, dites bien haut que Lorna a disparu. Et si vous apprenez quoi que ce soit, essayez de téléphoner ici.

Un bruit de clef dans la serrure fit sursauter Mannering. Forsythe éclata de rire :

– Et voici Mrs Mannering souriante sous son nouveau chapeau, qui entre en déclarant : « Je n'avais aucune idée de l'heure, chéri! »

Mannering était déjà dans le vestibule, le cœur battant.

Judy apparut, rose, les yeux brillants, la mine confuse :

– Je crois que je suis en retard, monsieur...

– Ça n'a pas d'importance! Dites-moi, Judy, avez-vous des amis chez qui vous puissiez aller passer la soirée?

Le visage naïf s'épanouit :

– Oh! oui, monsieur!

– Bon. Allez-y et revenez aussi tard que vous voudrez. Pas du tout, même, si ça vous chante.

– Oh! monsieur! dit Judy d'un air offusqué.

– Ne faites pas votre sainte nitouche, mon bijou; je vous emmène dans mon carrosse! dit joyeusement Forsythe.

– Oh! monsieur! répéta Judy, cette fois d'un air enchanté.

John referma la porte derrière eux, revint lentement dans le salon et s'écroula dans un fauteuil. Il ne se sentait pas même la force de se verser à boire. Dès qu'il fermait les yeux, c'était un chaos insupportable d'images effroyablement nettes : Leverson et ses cheveux argentés tachés de sang; Lorna telle qu'il l'avait trouvée hier en rentrant, pâle, le visage tuméfié; Bray et sa face ronde, étonnée; Zara, les yeux étincelant de colère, campée très droite sur ses hauts talons; et Leverson, encore, la main crispée sur les diamants...

Soudain, un bruit de clef le fit à nouveau tressaillir... Mais aussitôt une voix timide annonça :

– Ce n'est que moi, Mr Mannering. Mr Forsythe m'a dit que vous vouliez me voir... Je suis navré de m'être emporté tout à l'heure...

Larraby entra, dominant visiblement son émotion. Forsythe a raison, pensa John, il y a une humilité surprenante chez Josh... Surprenante et incompréhensible... Il est séduisant, intelligent... Il faudra un jour que j'aille expliquer à Mrs Larraby qu'elle n'a pas le droit de condamner son mari plus sévèrement que ne l'ont fait la justice et la société.

– Si je vous pose une question, Josh, dit-il tout haut, me répondrez-vous sans monter sur vos grands chevaux?

– Bien sûr, monsieur.

– Vous connaissez Paul Reegan, n'est-ce pas?

– Mais oui. Son père était propriétaire de la Collection Mace. C'est à lui que j'ai volé un diamant. Vous avez eu affaire à lui, Mr Mannering?

– Je vais avoir affaire à lui, Josh.

– A votre place, je me méfierais. C'est un homme qui ne m'a jamais plu.

– Pourquoi cela?

Larraby détourna les yeux, avec un geste évasif :

– Vous savez ce que c'est, monsieur... Il y a des gens qui ne vous plaisent pas... Le fils ressemble à son père, en moins intelligent.

Un silence tomba, puis le clochard reprit d'une voix égale :

– Mr Mannering, si je ne suis pas indiscret, vous comptez rester là, au cas où Mrs Mannering vous téléphonerait?

– Oui. Voulez-vous rester également, Josh? Je vous préviens qu'il peut y avoir du danger.

– Oh, je reste! mais je vais vous préparer à dîner. Je sais que vous n'avez probablement pas très faim, avec toutes ces... émotions, mais si vous devez vous bagarrer, il vaut mieux que vous soyez d'attaque.

Il disparut. Avec un pâle sourire, John referma les yeux. Quelques minutes passèrent. Et enfin la sonnerie du téléphone retentit. D'un bond, Mannering se précipita dans son bureau et décrocha vivement.

– Allô?

– John! dit Lorna. Oh, John!

– Ils t'ont eue, alors... murmura John, accablé.

– Oui. Je vais bien; ils ne m'ont pas fait de mal. John, je voudrais...

Elle s'interrompit et John, désespéré, entendit qu'elle pleurait doucement. Puis une voix d'homme, grave et impérieuse, enchaîna :

– Mannering?

– Oui.

– Je veux l'Adalgo.

– Vraiment?

– Et je l'aurai.

– Vraiment?
– Je ne vous conseille pas de plaisanter.
– Je vous assure que je ne suis pas d'humeur à plaisanter, dit froidement John.
Dans son oreille résonnait encore le sanglot angoissé de Lorna.
– Tant mieux. Alors rendez-vous à Guilford, High Street, et attendez sous la grosse horloge. Un de mes hommes passera et vous demandera si vous voulez être photographié!
– C'est idiot, il fera nuit noire quand j'arriverai là-bas!
– Je n'ai pas l'habitude que l'on discute mes ordres, dit la voix impérieuse, au léger accent étranger. C'est un mot de passe comme un autre. Vous répondrez que vous préférez faire faire votre portrait. Compris?
– Oui.
– Ensuite, vous n'aurez plus qu'à obéir à mon envoyé, conclut la voix grave.
Et l'homme raccrocha.

Aussitôt, John Mannering, nonchalant et désinvolte, disparut, et le Baron prit sa place. Le Baron aux gestes calculés, rapides, précis.
Il commença par troquer son costume gris contre un complet bleu marine qui, de toute évidence, ne sortait pas de chez son tailleur habituel. Le veston mal coupé possédait des épaules fortement rembourrées qui faisaient au Baron une carrure impressionnante. Puis il échangea ses élégantes chaussures contre de banals mocassins, très souples, à semelle de crêpe.
Dans sa penderie, il prit un feutre marron – sans initiales à l'intérieur – et un imperméable bleu marine tout aussi anonyme. Dans un tiroir, une classique écharpe de soie blanche et des gants blancs. Dans la coiffeuse de Lorna, un petit coffret gainé de cuir rouge et fermé à clef. Et derrière la glace de la salle de bains, qui, pivotant, découvrit une cachette assez profonde,

une ceinture de grosse toile et un portefeuille. Le portefeuille contenait de l'argent et des papiers au nom d'un certain Mr Miller. Dans la ceinture, les outils de travail du Baron étaient fixés chacun à sa place.

Il vérifia soigneusement tout son équipement, glissa le portefeuille dans son veston, la ceinture dans une des poches de l'imperméable, un rouleau de fine cordelette de nylon, deux grands mouchoirs blancs non chiffrés et une puissante torche électrique dans l'autre poche.

Tout était prêt. John enfila son imperméable, prit son chapeau et alla ouvrir la porte de la cuisine, où Larraby mettait la dernière main à une superbe assiette anglaise. Sans hésiter, John prit une cuisse de poulet et y mordit à belles dents en déclarant :

– Tout va bien, Josh. Je sors. Dînez tranquillement et allez vous coucher.

Larraby leva sur lui un regard lourd de questions, mais se contenta de murmurer :

– Comme vous voudrez, monsieur. Bonne chance.

Arrivé à la porte de l'appartement, John hésita une seconde; puis il l'ouvrit et la referma bruyamment... mais sans sortir.

A pas feutrés, il gagna la salle de bains, dont la fenêtre donnait sur une étroite passerelle desservant l'escalier de secours. Avec précautions, Mannering descendit lentement l'escalier de fer. Si par malchance Bristow avait posté un de ses hommes derrière la maison, celui-ci ne manquerait pas de trouver pour le moins insolite cette façon de quitter l'appartement. Mais il n'y avait personne et John atteignit sans encombre l'embryon de cour que le propriétaire de l'immeuble s'obstinait à baptiser « jardin ». Il traversa la cour, poussa un portail, et se trouva dans une allée parallèle à Green Street.

L'Aston-Martin stationnait devant l'immeuble et il n'était pas question d'aller la chercher, sous le nez du policier de garde. Mais John possédait aussi une

Lagonda, dont il se servait rarement en ville et qu'il garait non loin de là.

Une heure plus tard, au volant de la Lagonda, il se dirigeait rapidement vers Guilford. Avant d'atteindre High Street, il chercha des yeux une rue tranquille et peu éclairée, la trouva, s'y engagea et s'arrêta le long d'un mur nu. La rue était presque obscure : John saisit sa torche électrique, la coinça entre le rétroviseur et le pare-brise, de façon à ce que la lumière tombe sur son visage. Puis, ouvrant le coffret de cuir rouge, à l'aide d'une clef qu'il prit dans le portefeuille de Mr Miller, il se mit au travail, avec des gestes vifs et sûrs qui dénotaient une grande habitude...

Dix minutes plus tard, il referma le coffret, éteignit sa torche et sortit de la voiture. Prenant dans la poche de son imperméable la ceinture de toile du Baron, il la noua solidement autour de sa taille.

Et un quinquagénaire grisonnant, au visage joufflu et hargneux, aux sourcils broussailleux, remonta dans la voiture. Le coffret de cuir rouge avait fourni du fond de teint pour les joues couperosées, du crayon gras pour les rides, une moustache hirsute et deux tampons de caoutchouc pour les bajoues peu esthétiques.

Si par surcroît Mr Miller s'était avisé de sourire, il aurait découvert des dents irrégulières et jaunâtres.

Mais Mr Miller n'avait pas la moindre envie de sourire.

Dans une poche intérieure de son veston, simplement entouré d'une peau de chamois, il y avait l'Adalgo. Le vrai. Celui que Mannering venait de prendre dans le coffre-fort de chez Quinn's, le remplaçant par une de ses nombreuses imitations.

Et dans la poche extérieure droite du veston, à portée de la main de Mr Miller, il y avait un revolver. En principe, le Baron n'était jamais armé. Mais ce soir le Baron allait délivrer Lorna Mannering...

XII

Sous la grosse horloge de High Street, un homme faisait les cent pas. Très mince, il avait un grand nez aquilin et des sourcils arqués.

John avait laissé sa voiture deux pâtés de maisons plus loin. Il s'approcha d'un pas égal et, arrivé à la hauteur de l'homme, alluma une cigarette. L'homme tendit aussitôt son briquet, en murmurant :

– C'est vous, Mannering?

– Si vous voulez faire mon portrait, oui. Sinon...

– C'est curieux, dit l'homme, je ne vous voyais pas du tout comme ça.

– Je ne peux pas changer de tête pour vous faire plaisir, répliqua aimablement John.

– Dommage, soupira l'homme. Enfin, suivez-moi.

Une grosse Austin stationnait non loin d'eux. Les deux hommes y montèrent. Le guide de Mannering conduisait vite, bien et connaissait sa route. D'une voix où perçait un très net accent étranger, il dit encore :

– C'est égal, je ne vous voyais pas du tout comme ça, moi!

– Pourquoi donc? demanda paisiblement Mannering.

– Probablement à cause de votre femme! C'est une drôlement belle fille.

John réprima une furieuse envie de flanquer son poing sur le nez aquilin. Mais il était trop tôt...

– Et bien plus jeune que vous! Enfin, ça vous regarde. Mais je comprends que vous teniez à elle...

Le ricanement de l'étranger était horrible, sinistre.

– Elle a de jolies mains, votre femme. Et de jolis doigts aussi. Il paraît que, si vous n'étiez pas venu, on vous en aurait envoyé un.

John serra les dents sans répondre.

– Notez bien que, si vous ne faites pas ce que veut le chef, il vous en donnera quand même un! Il n'est pas chiche, surtout avec les doigts d'autrui!

La voiture s'était engagée dans une large avenue bordée de maisons aux grands jardins. Dans ce même quartier résidentiel, Mannering s'était perdu hier soir, en essayant de suivre Marjorie. Etait-il possible que cet homme l'emmène chez les Reegan? L'étranger ralentit, prit une allée discrète et passa un portail ouvert tout en disant :

– Moi, je préférerais qu'il la laisse entière, votre femme. On n'en voit pas tous les jours, des filles comme ça, à Londres...

– Mais à Séville, on en rencontre à tous les coins de rue, n'est-ce pas? dit négligemment John.

– Comment savez-vous?

La voiture remontait lentement une allée bordée d'épais buissons. John expliqua d'une voix tranquille :

– J'ai une excellente oreille, mon ami, et vous avez une façon de prononcer les « r » qui n'est pas seulement espagnole, mais andalouse. Je me trompe?

– Non, murmura l'Espagnol, se tournant vers Mannering d'un air étonné.

C'est bien ce qu'espérait John. De toutes ses forces, décuplées par la rage et la fureur, il envoya son poing droit dans le grand nez aquilin, tout en saisissant le volant de la main gauche. Puis la droite justement fameuse de Mannering alla frapper violemment l'homme en plein estomac, tandis que son pied droit appuyait sur la pédale de frein. La voiture zigzagua, puis s'immobilisa, le nez dans un buisson de fusains. Avec un faible gémissement, l'homme s'abattit en avant et heurta le volant de sa tempe gauche. Puis il resta immobile, complètement sonné.

Autour d'eux, tout était silencieux. L'homme remua légèrement. Aussitôt, John le saisit à la gorge et appuya sur la trachée artère. Après deux ou trois soubresauts, l'Espagnol se tint tranquille. Mannering se rejeta en arrière, avec un grand soupir. Sous son maquillage coloré, il était livide. Pour la première fois de sa vie, il avait eu envie de tuer... de tuer sans véritable motif... pas pour défendre sa vie, mais simplement pour se venger des paroles de l'Andalou...

Puis il se reprit. Extirpant rapidement l'homme de la voiture, il prit dans sa poche la cordelette de nylon et saucissonna proprement sa victime qui, dûment bâillonnée, disparut au cœur des fusains. John remonta ensuite dans la voiture, fit une savante marche arrière, passa le portail et se trouva dans l'allée par laquelle il venait d'arriver. Après un rapide demi-tour, il arrêta la voiture, le nez vers Londres et l'abandonna, la clef sur le tableau de bord, la portière entrouverte. Il savait par expérience que, au moment de s'enfuir, le moindre dixième de seconde pouvait changer la face des choses.

Sur l'un des montants du portail, il vit une plaque de marbre et lut, gravé en lettres noires : « Les Cèdres ».

Il n'était donc pas chez les Reegan.

Le cœur battant à tout rompre, John fit trois fois le tour de la grande villa basse, aux fenêtres pour la plupart obscures. Deux pièces seulement, sur le côté droit de la maison, paraissaient éclairées : un mince rayon de lumière filtrait entre d'épais rideaux. Comme un général sur le champ de bataille, le Baron savait rapidement décider où il attaquerait. Il choisit la fenêtre qui se trouvait le plus loin des pièces éclairées.

Son premier soin fut de nouer son écharpe blanche sur son visage et de mettre ses gants blancs. Puis il entrouvrit son imperméable, déboutonna son veston. Et tout le reste, comme aurait dit Bristow, en parlant évidemment de tout autre chose, tout le reste ne fut que routine.

Routine un peu oubliée, car il y avait quelques mois que le Baron n'avait touché ni tournevis ni pinces. Mais sa mémoire était restée fidèle, et ses doigts habiles. Sans hésiter, ils allaient prendre chaque outil à sa place dans la ceinture de toile : d'abord un tube de colle forte et un morceau de solide papier brun. La colle forte sur la vitre, le papier sur la colle forte. Ensuite un diamant de vitrier, dont le crissement imperceptible semblait faire un vacarme infernal dans la nuit.

Pour une vitre, c'était là tout le matériel nécessaire, à condition toutefois de savoir s'en servir. Car il restait à tirer sur le papier. C'est là que l'opération réussissait, ou ratait dans un inquiétant fracas de verre brisé. Avec le Baron, elle réussissait toujours. Sans le moindre bruit, il amena une plaque de verre à lui, et la déposa sur le sol.

Puis il passa son bras dans la vitre, avec toutes les précautions d'usage, car les habitants des « Cèdres » n'étaient probablement pas des enfants de Marie. En effet, les doigts gantés de blancs rencontrèrent vite un fil : un fil qui déclenchait une sonnerie d'alarme si jamais on s'avisait de le couper. John s'en garda bien et se contenta de le repousser doucement, assez loin pour pouvoir faire jouer la poignée de la fenêtre.

Celle-ci s'ouvrit enfin et, une fois de plus, le Baron sauta dans une pièce inconnue.

Il alluma sa torche, dont il n'avait pas eu besoin jusqu'ici : la lune qui se levait l'avait suffisamment éclairé. Il se trouvait dans un petit salon à la fois confortable et banal. Sans s'y attarder, il ouvrit la porte et passa dans un couloir obscur et silencieux. Tout au bout, sous une porte – et une seule –, un rai de lumière filtrait. John éteignit sa torche et saisit son revolver.

Derrière le battant de bois mince, on entendait un bruit de voix. Et surtout une voix grave, autoritaire, que Mannering reconnut aussitôt : c'était l'homme qui lui avait parlé tout à l'heure au téléphone.

– Vraiment, disait la voix, vous ne croyez pas qu'il finira par venir? Il est en retard, voilà tout. Il ferait pourtant mieux de se dépêcher...

Puis la voix se déplaça et reprit :

– On m'a raconté que vous faites d'excellents portraits, Mrs Mannering. Il paraît même que vous avez beaucoup de talent. C'est avec cette main-là que vous peignez? Vous n'êtes pas gauchère, n'est-ce pas? Alors si je courbais votre doigt, là comme cela... N'ayez pas peur, je le recourbe à peine... Mais si je le courbais davantage, l'os se briserait et vous ne pourriez plus peindre pendant quelque temps. Et si je le coupais, ce doigt, vous resteriez encore plus longtemps sans toucher vos pinceaux. Vous croyez que je ne suis pas capable de vous couper un doigt?

– Si, dit la voix calme de Lorna, je vous crois capable de tout pour avoir l'Adalgo.

– Vous avez raison. Pour votre mari, ce n'est qu'une pierre comme une autre; mais pour nous tous ici, vous ne savez pas ce que représente ce diamant.

– C'est possible, dit Lorna, aussi détachée que si elle refusait une tasse de thé. Mais mon mari ne viendra pas...

– J'admire votre courage, Mrs Mannering. Croyez bien que je serais désolé d'en venir à pareille extrémité. Mais il faut que votre mari vienne ici, avec l'Adalgo.

John appuya sur la poignée de la porte. La poignée

céda, la porte s'ouvrit toute grande et, formidable, menaçant, masqué de blanc, le Baron apparut sur le seuil, tenant fermement son revolver dans sa main droite.

– Mr Mannering est désolé, messieurs-dames. Il a un petit empêchement. Alors il m'envoie à sa place.

La voix rauque, agressive et vulgaire qu'employait toujours le Baron retentit dans la pièce silencieuse. Devant lui, trois personnes le regardaient, pétrifiées. Lorna, assise sur une chaise, décoiffée, le visage livide, une petite flamme têtue dans ses yeux gris. Sa main droite était gantée; la gauche reposait entre les mains d'un homme trapu – « carré » avait dit Lorna la veille : c'était bien cela. Enfin, un colosse de près de deux mètres de haut, au front buté sous ses cheveux plantés très bas, ouvrait de petits yeux ahuris.

Le premier homme « carré » bougea. Sa main quitta le bras de Lorna et se glissa lentement vers sa poche.

– Je ne te conseille pas de bouger, beau brun, dit la voix menaçante du Baron; et toi non plus, fiston.

La main aux ongles soignés, s'arrêta. Le colosse gémit :

– Qu'est-ce qu'on fait, Lopez?

– Tais-toi, jeta sèchement Lopez, qui ajouta, beaucoup plus aimable : Alors, c'est vous qui venez à la place de Mr Mannering? Ma foi, pourvu que vous ayez le diamant...

– Un diamant! Non, mais... tu t'imagines que j'offre des bijoux, moi. Un pruneau, oui, si tu veux! Mr Mannering a bien insisté : je dois ramener sa femme, et par n'importe quels moyens. Et comme il paie bien, je te préviens que je n'hésiterai pas à les employer, les moyens!

Dans le visage basané de Lopez, les yeux sombres luisaient d'un éclat féroce. Le colosse murmura d'une voix étranglée :

– Qu'est-ce que je fais, Lopez?
– Tu ne peux pas te décider tout seul, bébé? dit le Baron, narquois.
Puis il ordonna :
– Allons, laissez partir madame, et sans discuter.
– Mais je n'ai pas l'intention de discuter, dit doucement Lopez. Je sais m'incliner devant plus fort que moi!
Et, avec une rapidité incroyable, il fit un bond de côté et plongea la main dans sa poche droite. Mais Lorna, aussi rapide que lui, avança la jambe et l'homme s'étala de tout son long sur le tapis. Mannering sauta aussitôt sur lui, plongea lui aussi la main dans la poche et rencontra un revolver.
Le colosse faisait visiblement tous ses efforts pour comprendre ce qui se passait. Mannering tendit le revolver de Lopez à Lorna et dit joyeusement :
– Allez-y, madame. Si on vous embête, tirez. Allez m'attendre sous le porche, j'arrive tout de suite. Le temps de m'occuper de ces messieurs et je vous ramène bien gentiment chez vous.
Ecrasé par le poids du Baron, Lopez se tordait comme un ver.
– T'énerve pas, toi, ordonna John, tandis que Lorna se levait et sortait tranquillement, sans un regard pour son mari.
D'une voix inquiète, le colosse observa :
– Dites-moi, vous y allez un peu fort, vous!
– Tiens, je ne pensais plus à toi. Tourne-toi donc contre le mur et compte les fleurs de la tapisserie. Si tu sais compter...
– C'est pas des fleurs, protesta doucement le colosse, c'est des pommes.
– Eh bien, compte les pommes!
Lopez gigotait toujours. Mannering empoigna son revolver par le canon et frappa la tempe de l'Espagnol d'un seul coup sec. L'homme retomba, inconscient.
– Et d'un, dit John.

Le colosse essayait de voir ce qui se passait, sans trop tourner la tête cependant. Mannering se leva et s'approcha de lui :

– Tu peux regarder, maintenant.

L'homme fit demi-tour, et offrit son menton au poing gauche de Mannering. John eut l'impression de frapper un sac de ciment; l'homme vacilla pourtant, mais son poing énorme se leva, menaçant. Mannering l'évita de justesse et envoya de toutes ses forces son genou gauche dans l'estomac du colosse qui s'écroula, non sans atteindre au passage le genou droit de John. Le coup n'était pas grave, mais John s'était fracturé ce genou il y avait quelques années et il faillit s'effondrer sous la douleur, lui aussi. Serrant les dents, il se pencha sur le colosse qui gémissait comme un enfant et le frappa exactement comme il avait frappé Lopez, d'un coup de crosse à la tempe.

Puis il fouilla l'Espagnol, méthodiquement. Tout était de qualité chez Lopez : dents éclatantes, cheveux brillants, montre en or et portefeuille en crocodile. Mais John ne trouvait pas ce qu'il cherchait : le diamant que Lopez lui avait volé la veille. Le diamant apporté par Bray et qui avait coûté la vie au joaillier à visage de pudding.

Enfin, dans la poche à briquet, négligemment enveloppée d'un fin papier, il trouva la pierre, en compagnie de deux autres imitations de l'Adalgo. Sans s'attarder à les examiner, John remit les pierres à leur place. Tout allait bien!

Comme il commençait à ficeler les deux gangsters, Lorna apparut sur le seuil. Elle avait trouvé le moyen de se recoiffer et tenait son revolver d'un air décidé.

– Vous en avez encore pour longtemps, monsieur? Je n'aime pas beaucoup l'air que l'on respire ici.

John jeta un coup d'œil sur les deux hommes pour s'assurer qu'ils étaient bien inconscients, et ordonna :

– Prenez ce téléphone, madame, et demandez la

police de Guilford. Dites-leur qu'il y a des cambrioleurs aux « Cèdres ». Déguisez votre voix.

Tandis que John faisait nœud sur nœud, Lorna obéit.

– Et laissez ce revolver-là sur le fauteuil.

Puis ils sortirent tous deux. Le jardin silencieux était baigné de lune. Lorna soupira :

– Ah! Baron, vous n'imaginez pas la joie que j'ai éprouvée en faisant votre connaissance... C'est la première fois que je te vois en plein travail, chéri!

– Nous ne sommes pas encore tirés d'affaire, mon cœur. La voiture est au bout de cette allée, j'ai mal au genou et la police va arriver dans dix minutes au plus tard.

– Ça m'est égal, dit Lorna. Pas que tu aies mal au genou, bien sûr. C'est le droit? Zut!... Mais la voiture et la police et tout... Pourvu que je ne revoie plus jamais Mr Lopez...

Tout en parlant, ils marchaient rapidement. Soudain, on entendit un bruit de moteur. L'oreille exercée de John reconnut une voiture puissante et nerveuse, menée rapidement.

– Attention! dit-il, entraînant Lorna sur la pelouse. Ça m'étonnerait que ce soit la police, ce ronron-là!

Mais John ne s'attendait pas à ce que la voiture parvienne aussi vite devant le portail des « Cèdres », ni qu'elle s'engage dans l'allée à 70 à l'heure. Pendant une seconde, Lorna et lui furent pris dans le rayon des phares. Ils se rabattirent instinctivement derrière les fusains.

– Essaie de courir, dit John.

Lorna enleva ses chaussures et obéit.

La voiture, longue et basse, stoppa aussitôt; deux hommes en descendirent et se précipitèrent dans leur direction.

– Inutile de songer à passer par le portail, haleta John. Mais il y a une haie, là-bas, à droite. Le mur s'arrête là.

– Pourvu que nous y arrivions avant eux! dit Lorna.

Les deux hommes couraient derrière eux, bruyamment, sans se soucier de faire craquer les branches. Lorna avait atteint la haie. John la rejoignit, la prit par la taille et la souleva. Puis elle disparut. Il entendit un « Ça va » réconfortant et se disposa à la suivre. Mais comme il était à califourchon sur la haie, il se retourna et distingua très nettement le premier de ses poursuivants. Ses cheveux de neige brillaient sous la lune. C'était Larraby.

La surprise faillit paralyser dangereusement Mannering, mais une voix tonitruante vint le réveiller :

– Qu'est-ce qui se passe ici?

Un policier en uniforme apparut devant le portail des « Cèdres » et, sans voir John et Lorna, abrités par de grands arbres, se dirigea tout droit vers la longue voiture arrêtée au milieu de l'allée. Les deux hommes s'arrêtèrent, tandis que le policier vociférait :

– Je vous vois, tous les deux! Venez un peu par ici.

Sans plus s'occuper de ce qui se passait derrière leur dos, Lorna et John avaient rejoint l'Austin. Lorna se mit au volant, et démarra aussitôt, dans un bruit de vitesses malmenées.

Le policier essaya alors de revenir sur ses pas pour appréhender ces nouveaux suspects. John tourna la tête, pour ne rien perdre de la fin de l'histoire. Elle fut brève : l'homme aux cheveux blancs leva le bras, et le policier s'écroula de tout son long...

John se renversa sur son siège, avec une grimace de douleur :

– Sacré genou! J'espère que la police de Guilford va se dépêcher et prendre livraison de Lopez et de Simplet avant que leurs petits copains n'aient eu le temps de les délivrer... Tâche de nous ramener entiers à la maison, mon cœur. Ce n'est pas la peine d'avoir échappé à cette avalanche de dangers pour aller s'écraser contre un autobus!

– John, soupira Lorna, c'est bien toi?

– Oui, mon ange. C'est bien moi; et c'est bien toi; et c'est bien notre voiture.

– Ah! non, s'écria Lorna, outrée. Certainement pas!

– C'est vrai. Eh bien, tu t'arrêteras dans High Street, et nous procéderons à l'échange.

– Vous êtes bien distrait, Baron, ce soir... Vous allez quand même ôter ce foulard, je suppose?

John dénoua l'écharpe d'un geste las :

– Et j'espère aussi que tu te démaquilleras, ajouta Lorna en riant. Tu vois la tête des hommes de Bristow si Mrs Mannering rentrait chez elle la nuit avec un inconnu!

XIII

Arrivé à Green Street, le premier soin de John fut d'aller jeter un coup d'œil dans toutes les pièces de l'appartement. Larraby n'était pas là.

– Où vas-tu? s'écria Lorna, en voyant qu'il s'engageait dans l'escalier conduisant à l'atelier.

– Admirer tes tableaux, et, incidemment, voir si personne ne se cache derrière eux.

– Idiot! avec ton genou...

John fit le tour de l'atelier. Il n'y avait personne. Sous une toile verte, le portrait de Larraby attendait la séance du lendemain. John souleva la toile : le visage pâle et triste apparut, les yeux illuminés par une vision lointaine.

– Espèce de faiseur! dit tout haut John. Tu m'as bien eu!

Il redescendit péniblement. Lorna le suivait d'un œil inquiet :

– Comment va ton genou?

– Assez bien pour que tu ne t'inquiètes pas. Assez mal pour que j'appelle Kennedy, qui m'ordonnera le repos complet. Tu sais ce que ça signifie, le repos complet : pas de visites. Tu expliqueras cela à Bristow s'il s'avise de débarquer ou de téléphoner.

Lorna dévisagea longuement son mari :

– C'est ton genou qui te rend bizarre? J'ai l'impression que tu me caches quelque chose! Après tout, tout est bien qui finit bien.

– Tu as raison, dit John, revoyant le visage paisible de Leverson et ses cheveux d'argent tachés de sang.

Brusquement, il s'approcha de sa femme et prit le beau visage creusé par la fatigue entre ses mains, en murmurant :

– Maintenant, écoute-moi bien : je ne bouge plus, je ne fais plus rien et je deviens un commerçant modèle. Pour commencer, je vends l'Adalgo.

Lorna le regarda sans illusion et se dégagea doucement :

– Va te laver, chéri. Tu as mal enlevé ton fond de teint...

– Tu n'as pas entendu? Je laisse tout tomber...

– Si, j'ai très bien entendu. D'autant mieux entendu que je connais ton petit discours par cœur... à la variante de l'Adalgo près. Je vais téléphoner à Kennedy, tiens! Après quoi je remettrai la panoplie de petit cambrioleur en place, pour attendre de pied ferme l'apparition de ce cher William. Quant à toi, au lit!

Une heure plus tard, Bristow sonnait discrètement à la porte de l'appartement. Lorna vint lui ouvrir. En déshabillé bleu, fleuri et candide, le visage démaquillé, les cheveux simplement retenus par un ruban et tombant sur ses épaules, elle paraissait très jeune et très fragile.

– Bonsoir, dit Bristow, mal à l'aise. Il y a un malade chez vous? Mes hommes m'ont dit qu'un docteur était venu.

– Oui, il y a un malade. C'est John. Et je suis très fatiguée. Bill, vous êtes un policier...

– Un flic, chère amie, pour certains.

– ... Mais quand même pas un monstre! J'ai été kidnappée cet après-midi et John s'est démis le genou en venant me délivrer. Le Dr Kennedy lui a fait une piqûre de morphine. C'est tout ce que j'ai à vous déclarer pour le moment. Le reste peut bien attendre demain matin, non? Laissez-moi aller me coucher...

– Ah! vous me compliquerez toujours les choses, vous, soupira Bristow. Mrs Mannering, on a cambriolé cette nuit une villa de Guilford.

– Heureusement! Sans ces cambrioleurs, on me transformait en pièces détachées.

– Je n'ai pas encore eu le temps d'aller à Guilford, mais d'après ce que m'ont dit les policiers du coin, c'était un travail de professionnel. Où était John, ce soir?

– Mais je viens de vous le dire! À Guilford, volant au secours de sa femme, kidnappée sous le nez de Scotland Yard. Tiens, il faudra que je raconte mon aventure à Forsythe, elle l'intéressera certainement.

– N'essayez pas de faire du chantage, Mrs Mannering! gronda Bristow.

– Et vous, ne m'appelez pas Mrs Mannering, Bill. Après tout, je suis une victime, pas une coupable!

Bristow poussa un soupir retentissant :

– Bon, vous avez gagné. D'ailleurs, si c'est le Baron qui a cambriolé Guilford, il nous fait cadeau de trois voyous de la plus belle eau, dont l'un est déjà à la morgue. Nous nous en tirons avec deux hommes endommagés.

– Qui est à la morgue? demanda vivement Lorna.

– Un nommé Hernandez. Celui que vous nous avez dessiné de mémoire, Lorna, votre « homme au foulard rouge ». La police l'a trouvé ficelé et bâillonné dans un buisson de fusains. Détaché, il a essayé de s'enfuir, en jouant du revolver sans succès. Mais la police locale a riposté... et ne l'a pas raté. Maintenant, je voudrais votre version des événements; j'espère qu'elle ne sera pas trop invraisemblable et que je pourrai la rapporter à mes chefs sans paraître complètement ridicule!

– C'est tellement simple, soupira Lorna. Leverson m'a téléphoné. On venait de lui apporter des faux

Adalgo à la pelle et il avait reconnu l'homme. C'était Lopez. Je me suis précipitée chez Flick et j'ai essayé de téléphoner ensuite à John, chez Quinn's. Mais son numéro était occupé, sans arrêt... L'homme devait repasser chez Leverson au bout d'une demi-heure environ, le temps pressait. Nous avons pensé, Flick et moi, que le plus simple était que j'aille chercher John pendant que Leverson retiendrait Lopez... Je suis sortie, j'ai rencontré un taxi qui paraissait flâner, j'y suis montée... et je me suis réveillée à Guilford, en compagnie du beau Lopez qui menaçait de me couper en petits morceaux, du séduisant Hernandez qui, lui, ne voulait pas qu'on m'abîme, et d'un crétin de deux mètres de haut qui ne comprenait absolument rien à rien. Avouez qu'il existe des façons plus agréables de passer sa soirée, Bill.

– Jusqu'ici, votre histoire tient debout. Elle est même corroborée par un de mes hommes qui vous a suivie.

– Et perdue, hélas! Après une mystérieuse discussion en espagnol, Hernandez s'est esquivé. Lopez a décidé alors de passer de la théorie à la pratique et commencé à me tordre un doigt. Heureusement, le crétin a entendu du bruit. Ces messieurs se sont affolés et ont disparu, me laissant toute seule. Vous pensez bien que je ne suis pas allée leur demander une autorisation écrite pour décamper. Dans l'allée, j'ai rencontré John qui venait me délivrer. Nous avons couru, il s'est démis le genou, et voilà tout. Vous savez bien qu'il s'est déjà démis le genou trois fois depuis sa fracture, Bill...

– Je sais surtout qu'il a une femme adorable, dit lentement Bristow. Mes compliments, Lorna. Et mes félicitations à John. Comme je suppose que, de son côté, il doit avoir une version très au point de ce qui s'est passé...

– Vous pouvez lui faire confiance, sourit Lorna.

– Ne vous y trompez pas, ma chère. Il me serait

facile de vous mettre tous les deux dans de mauvais draps. Ne serait-ce que pour fausse déposition... Mais je n'en ai aucune envie. Seulement, méfiez-vous de Poids-Lourd.

– Tiens, où était-il celui-là? Il aurait mieux fait de me surveiller!

– Il montait la garde devant Quinn's... et l'Adalgo.

– Oh! j'y pense! Avant de s'endormir, John m'a remis ceci pour vous.

Elle prit dans un tiroir une petite boule beige et la tendit à Bristow qui l'examina d'un œil étonné. C'était une peau de chamois entortillée autour d'un diamant. Mais quel diamant!

– C'est l'Adalgo, expliqua Lorna de l'air le plus naturel du monde. John préférerait que vous le rangiez dans un coffre du Yard. Vous avez bien des coffres-forts, là-bas?

Pendant cinq secondes, la jeune femme crut que le policier allait étouffer de colère; finalement, il éclata d'un grand rire joyeux :

– Lorna, votre mari me fera toujours rire! Alors, ce que Tring et mes hommes surveillent consciencieusement, c'est une imitation?

– Oui. J'ai cru comprendre que John a fait l'échange ce soir seulement. Mais il vous expliquera cela mieux que moi. Maintenant, emmenez ce maudit caillou, et laissez-moi aller me coucher...

Bristow parti, Lorna alla se verser un whisky. Dans la chambre voisine, John dormait comme un nourrisson. Pourquoi était-il tellement triste, ce soir? Jusqu'ici, aucune expédition, aussi périlleuse fût-elle, n'avait jamais pu abattre la belle humeur du Baron!

Le téléphone sonna.

– Oh! Mrs Mannering! Vous êtes revenue! Quel bonheur!

C'était Forsythe. Lorna sourit.

– Comment va John? poursuivit le jeune homme.

Vous savez que Bristow voulait lui faire un mauvais sort, tout à l'heure!

– Je crois qu'il a changé d'avis, Forsythe. Il sort d'ici.

– Tant mieux! Pouvez-vous me passer John?

– Nous sommes un peu fatigués, vous savez, dit doucement Lorna.

La voix jeune et gaie du reporter se fit brusquement désolée :

– Je suis une brute et un imbécile. J'oubliais que vous étiez tous deux de grands amis de Leverson!

– Bien sûr, nous sommes de grands amis de Flick... Il lui est arrivé quelque chose, Forsythe?

– John ne vous a rien dit? C'est incroyable!

– Rien du tout! Forsythe, je vous en prie...

– Leverson a été assassiné cet après-midi, après votre départ, et c'est John qui a découvert le crime.

– Oh! je vois... murmura Lorna d'une voix blanche... Bonsoir, Forsythe.

Et elle raccrocha lentement, les yeux pleins de larmes.

Vers 9 heures, le lendemain matin, Judy apporta aux Mannering leur première tasse de thé.

– Je déjeune au lit, ce matin, déclara John. Et je reçois mes visiteurs au lit. Comment s'est passée ton entrevue avec Bill, chérie?

Lorna, déjà levée et habillée, sourit tendrement :

– Bien. Très bien même. Reste à savoir ce qu'il pense maintenant, après avoir entendu les aveux de Lopez et du crétin.

– C'est une chance à courir! Mais tu oublies l'homme qui m'a conduit aux « Cèdres »?

– Je ne l'oublie pas. Il s'appelait Hernandez et ne racontera plus rien à personne! Il est mort.

– Tant mieux! soupira John.

– John, dit Lorna, Forsythe m'a téléphoné, hier soir. Il m'a appris...

Surpris, John s'aperçut qu'elle avait les yeux pleins de larmes et comprit aussitôt.

– Oui.

– Tu crois que Lopez est allé trouver Leverson en espérant bien qu'il te téléphonerait aussitôt?

– Oui. Et ensuite, il a prévenu la police pour qu'on nous prenne la main dans le sac, Flick et moi. Seulement, il a dû se passer quelque chose qui l'a fait changer d'idée.

– Je sais ce que c'est, moi, dit Lorna. Flick l'a reconnu et Lopez a dû s'en rendre compte après coup.

– Flick avait reconnu Lopez?

– Oui. Il me l'avait dit. Pedro Lopez, ça ne te dit rien?

– Non... Si! dit brusquement Mannering. Le type qui a voulu mettre le duc d'Adalgo sur le trône d'Espagne!

– Et voilà! Tu commences à y voir clair?

– Pas le moins du monde, mon cœur. Qu'est-ce que tu fais des Addel et des Reegan, dans tout cela?

– Rien, dit Lorna. Je ne m'intéresse pas aux brunes exotiques. 9 heures! Josh va arriver, il faut que je te laisse.

– Ça m'étonnerait, marmonna John.

– Qu'est-ce qui t'étonnerait?

– Que Larraby vienne ce matin. Ton modèle favori a estourbi un flic dans le jardin des « Cèdres », hier soir, et je doute fort qu'il ose se présenter ici ce matin...

– Larraby? Qu'est-ce que tu racontes?

Comme John mettait Lorna au courant de la découverte qu'il avait faite la veille, Judy entra :

– C'est le modèle de madame, annonça-t-elle avec une belle simplicité.

Et John s'écria aussitôt :

– Faites-le donc entrer, Judy! Ici.

Les explications de Larraby, pour sincères qu'elles pussent paraître, furent plutôt confuses. D'après lui, l'inspecteur Tring aurait sonné la veille au soir chez Mannering et, trouvant le clochard en train de manger du poulet froid, l'aurait menacé de toutes les foudres de la justice. Effrayé, Larraby avait pris la porte et était parti au hasard; il avait marché longtemps, pour finalement aboutir à l'asile où il dormait habituellement.

– Vous êtes bien sûr que vous ne vous êtes pas égaré du côté de Guilford? demanda sèchement Mannering.

Lorna poussa un soupir désolé.

Les yeux bleus s'écarquillèrent.

– Moi? A Guilford? Pourquoi me demandez-vous cela, monsieur?

– Parce que je vous y ai vu, tiens.

– Vous m'avez vu à Guilford?

L'étonnement du clochard paraissait sincère. Pourtant Mannering poursuivit avec la même dureté :

– Oui. Tabassant un représentant de l'ordre avec une belle ardeur. Vous vous rendez compte de ce que cela signifie pour vous?

– Oui, monsieur...

Mais Larraby paraissait plus songeur qu'effrayé. Soudain, il demanda :

– Les Reegan habitent bien Guilford, monsieur, n'est-ce pas?

– Oui. Mais ce n'est pas là que je vous ai vu. C'est chez un nommé Pedro Lopez.

– Je comprends..., dit rêveusement Larraby.

– Qu'est-ce que vous comprenez, Josh? s'écria Lorna, qui espérait encore que John s'était trompé.

– Oh! rien... Rien du tout, madame.

Au même instant, la tête rousse de Judy apparut encore dans la porte :

– C'est Mr Bristow, madame.

– Qu'il entre! dit Mannering, jovial. Bill, je dois vous remercier d'avoir attendu 9 heures passées pour venir me torturer.

Lorna qui était assise sur le pied du lit, se leva d'un air décidé :

– Venez, Josh, nous allons travailler.

John ouvrit la bouche pour protester; mais, rencontrant les yeux gris de sa femme, il jugea plus prudent de se taire... Sans un mot, Larraby salua Bristow d'un signe de tête et suivit Lorna.

Bristow s'installa dans un fauteuil :

– Je peux fumer?

– Et poser des questions, oui.

– Auxquelles je vous conseille de répondre franchement, John. Vous vous doutez bien que Lopez et son acolyte, un nommé Valentin, ont parlé...

– Pourquoi s'en seraient-ils privés? Personnellement, cela ne me dérange pas du tout.

– Bon. Pourquoi avez-vous retiré l'Adalgo de chez Quinn's? Et que faisiez-vous à Guilford?

– On m'a téléphoné hier soir, en m'ordonnant d'apporter l'Adalgo à un homme qui m'attendrait sous la grosse horloge de High Street, à Guilford. Je suis allé chez Quinn's...

– ... Je le sais, dit Bristow. Mes hommes me l'ont dit. Mais ils ne m'ont pas dit que vous aviez quitté Green Street. Personne ne vous a vu sortir et l'Aston-Martin n'a pas bougé.

– Vos hommes devaient probablement jouer au 421, Bill... Et je suis allé à mon rendez-vous avec ma Lagonda.

– Pourquoi cela?

– Parce que c'est une excellente voiture et que je ne l'ai pas achetée pour la laisser au garage, tiens! Chez Quinn's, j'ai remplacé l'Adalgo par une imitation. Ce n'est pas ce qui manque, les imitations de l'Adalgo, ça court les rues comme les jolies femmes à Paris. Mais, en arrivant dans High Street, j'ai vu l'homme qui m'attendait et j'ai reconnu le modèle du dessin que Lorna a fait pour vous permettre de l'identifier. Aussi ai-je pensé aussitôt qu'il valait mieux suivre ce monsieur, le laisser m'indiquer la villa où était probablement séquestrée Lorna et pénétrer dans cette villa par mes propres moyens... Bonne tactique, hein?

– Excellente, approuva Bristow. D'autant plus que jusqu'ici, vous dites probablement la vérité, à quelques détails près? Et ensuite? Comment êtes-vous entré dans la villa?

– Mais il n'y a pas d'ensuite, et je ne suis pas entré dans la villa! J'ai rencontré Lorna dans le jardin courant comme une folle, ses chaussures à la main.

– Quelqu'un est pourtant bien entré dans la maison...

– Je sais... Lorna m'a parlé d'un cambrioleur dont l'arrivée aurait semé la panique chez ses bourreaux. Parce qu'ils étaient bien décidés à la torturer, ces salauds!

– Drôle de cambrioleur! Vous savez ce que c'est, ça?

Et Bristow tendit à Mannering le diamant que celui-ci avait laissé dans la poche de Lopez la veille au soir.

– Je pense bien! C'est un faux Adalgo. Mais un vrai...

– Ne recommencez pas avec vos faux et vos vrais faux, vous me faites tourner la tête! gémit Bristow. Vous le connaissez, celui-là?

– C'est celui que Bray a apporté chez moi et que Lopez m'a volé.

– Eh bien votre « cambrioleur » ne l'a pas même emporté!

– Il n'aime peut-être pas les diamants, sourit John. Ça arrive, vous savez. Lorna, par exemple, ne les aime pas du tout...

– Au lieu de faire l'idiot, dites-moi plutôt si vous n'avez rien remarqué en quittant les « Cèdres »?

– Oh! que si! Deux hommes tabassant un flic. Je me suis lâchement sauvé, sans intervenir. On les a identifiés, ces hommes?

– Non, mais ça viendra. L'un d'eux avait des cheveux blancs et des yeux bleus. Ce n'est pas courant chez les gangsters... Je crois que je vais vous laisser, Mannering. Evidemment, il y a deux ou trois petites questions qui resteront toujours sans réponse : pourquoi l'Austin de Hernandez, dans laquelle il était revenu aux « Cèdres » a-t-elle été retrouvée dans High Street... Quelle est la femme à l'accent irlandais qui a prévenu la police de Guilford?...

– Bah! vous vous attachez vraiment à des détails, Bill. L'essentiel, c'est de mettre la main sur les tueurs. C'est fait, non? Racontez-moi cela. Que vous ont dit Lopez et son acolyte?

Bristow jeta un coup d'œil ironique sur Mannering qui souriait avec un détachement bien imité :

– Rassurez-vous, John. Je vous ai fait un petit mensonge, tout à l'heure. Lopez n'a rien dit. Et je ne crois pas que nous puissions jamais en tirer quelque chose! Je connais trop bien ce genre d'hommes... Quant à Valentin, c'est une autre histoire. Il ne comprend que très vaguement ce qu'on lui demande et encore moins ce qui lui arrive depuis hier. Ne nous a-t-il pas raconté que Lorna était partie en compagnie d'un homme masqué de blanc?

– C'est extravagant, en effet... murmura John sans ciller.

– Oui... Tout ce que ce minus nous a dit de précis, c'est qu'il avait assisté à l'assassinat de Leverson. C'est Lopez qui l'a abattu à coups de revolver. Il a également descendu Harris. Nous avons trouvé son arme à côté de lui. Par contre, nous ne sommes toujours pas plus avancés en ce qui concerne Bray, qui a été tué avec un 6.35. Lopez a un Colt. Il ne me reste plus maintenant qu'à trouver les deux hommes qui ont matraqué le policier de Guilford.

– Et l'assassin de Bray.

– Oui, soupira le superintendant. Quant à savoir pourquoi Lopez voulait s'emparer de l'Adalgo et pas d'une autre pierre! Pourquoi cet Adalgo circulait-il à droite et à gauche, copieusement imité? Vous avez entendu parler de cette tentative de rétablissement monarchique en Espagne, John?

– Vaguement...

– Cela me paraît bien romanesque, évidemment... mais ne croyez-vous pas que Lopez pourrait être tout dévoué à la famille des Adalgo et désirer leur rendre leur bien... Ou du moins ce qu'il estime être leur bien.

– Cela expliquerait pourquoi il a voulu me voler le diamant, Bill. Mais pas pourquoi il en existe tellement d'imitations...

Le policier se leva. Perplexe, John se demandait s'il fallait ou non lui dire qu'il avait aperçu Larraby dans le jardin des « Cèdres » la veille. Il revit les yeux bleus... Pourquoi Larraby avait-il demandé si John l'avait vu chez les Reegan?

– Vous n'avez plus rien à me dire, John? demandait Bristow.

– Non... répondit John.

Il avait décidé de donner sa chance à Larraby pour la seconde et dernière fois. Dès que Bristow fut parti, il décrocha le téléphone posé à la tête de son lit et demanda la rédaction du *Morning Cry*. Par miracle, Forsythe était à son bureau.

– Teddy, que savez-vous sur Pedro Lopez? demanda abruptement John.

– Pedro Lopez? Le type que Bristow a arrêté cette nuit? Tout et rien : il a essayé de provoquer un soulèvement en Espagne, il y a une dizaine d'années. Franco l'a proprement fichu à la porte. D'ailleurs tout le monde l'a toujours fichu à la porte, et partout. Il s'est mis en tête de rétablir la monarchie. Mais pas n'importe laquelle. La sienne, autrement dit le duc d'Adalgo... Ce qui fait qu'il tire dans les pattes de tout le monde, franquistes, républicains ou véritables monarchistes.

– Teddy, si je vous donne un tuyau... à vrai dire, c'est simplement une idée, il reste à prouver que je ne me trompe pas! Mais si je vous la donne, voulez-vous faire quelque chose pour moi?

– Tout, y compris les pieds au mur! dit joyeusement Teddy.

– Voilà. Lopez connaît mieux que personne la légende de l'Adalgo. Il connaît aussi probablement fort bien les collectionneurs de bijoux et leur mentalité un peu particulière... Avec son auréole tragique, l'Adalgo vaut dix fois ce qu'un diamant identique, mais anonyme, peut valoir. Soucieux de réunir des fonds pour son parti royaliste personnel, notre Lopez fait tailler des diamants comme l'Adalgo et va les proposer à des collectionneurs... En leur disant bien sûr que le diamant avait été volé et qu'il ne fallait pas trop raconter partout qu'ils l'avaient acheté. Tout le monde se taisait et chacun était persuadé qu'il possédait la seule, l'authentique « pierre de vérité ».

– Alors, vous avez acheté un diamant volé, mon cher? Quelle honte pour Quinn's!

– Jamais de la vie. Le diamant m'a été vendu par un monsieur des plus sérieux, qui en était le très légitime possesseur. Voilà pourquoi, moi, je n'ai pas hésité à l'exposer dans ma vitrine.

– Et c'était le pavé dans la mare aux grenouilles! s'exclama Teddy.

– Exactement. Tous les possesseurs des Adalgo sont arrivés, affolés!

– Et les imitations, Mannering?

– Eh bien, Lopez a dû trouver que sa petite invention ne lui rapportait pas assez et offrir aux collectionneurs non seulement de faux Adalgo, mais de faux diamants! Comme les collectionneurs n'osaient pas piper, une fois la supercherie découverte...

Forsythe éclata d'un grand rire joyeux :

– Vous savez que cette histoire me plairait plutôt.

– Oui, dit sèchement John. S'il n'y avait pas trois cadavres à la clef...

– Votre idée va me faire un fameux papier, John. Si vous le permettez, évidemment.

– D'accord. En échange, renseignez-moi donc un peu sur le duc d'Adalgo. Pour que Lopez ait envisagé d'en faire un roi d'Espagne, il faut tout de même qu'il existe !

– Oh ! il existe parfaitement. Il doit avoir dans les cinquante ans, et vit en Europe.

– Vous avez une photo ?

– Du duc ? Grand Dieu non !

– Alors, débrouillez-vous pour m'en dénicher une, Teddy.

– Mais pourquoi ?

– Quand vous verrez la photo, vous trouverez peut-être la réponse tout seul. Maintenant, je vais vous poser trois questions. Pourquoi Reegan senior a-t-il chargé Bray de vendre un diamant pour se raviser ensuite ?

– Tiens ! tiens ?... on revient aux Reegan, hein ?

– Et aux Addel, oui. Pourquoi Paul et Marjorie ont-ils monté cette comédie, ridicule, le soir où la jeune fille est venue me voir ? Et finalement, qu'est-ce qui nous prouve que le diamant était bien à Reegan ?

– Là, il n'y a que Bray qui pourrait nous renseigner...

– Et Bray est mort ! Plus une petite question subsidiaire : est-ce par hasard ou par dévotion à la famille d'Adalgo que la belle-sœur de Marjorie Addel se prénomme Zara, comme toutes les premières nées dans la famille ducale depuis des générations ? Ne répondez pas, Teddy. Cette question-là, je me charge de la résoudre moi-même, dès que je pourrai marcher, en allant faire un petit tour chez les Reegan.

XIV

La matinée s'écoula lentement. John essaya plusieurs fois de mettre le pied par terre, sans grand succès. Vers 11 heures, Lorna apparut, le front chargé d'orages :

– Impossible de travailler, ce matin, John, je n'arrive pas à croire que Josh nous a menti et qu'il était de mèche avec tous ces Lopez, Hernandez, etc...

– Il ne t'a rien dit?

– Non. Il se contentait de me regarder, tu sais, comme si j'étais l'Adalgo. En partant, il a murmuré timidement : « Je vais essayer de trouver un alibi, Mrs Mannering. A l'heure où vous avez quitté Guilford, j'étais du côté de Battersea... On m'a peut-être remarqué, dans la rue? Une cloche comme moi, les gens le remarquent souvent... Ils ont toujours peur qu'on en veuille à leur portefeuille... » Et il est parti, plus humble que jamais.

– Pourvu qu'il trouve un alibi, dit John, sans quoi, Bristow l'agrafera avant demain!

– Il faut éviter cela, John. Josh ne s'en remettrait pas...

– Parce que pour toi, il est innocent?

– Ça ne fait pas l'ombre d'un doute! dit Lorna en haussant les épaules.

– Mais, puisque je l'ai vu...

– Il a peut-être un sosie... Pourquoi t'a-t-il demandé

si les Reegan habitent Guilford? John, j'ai trouvé : Reegan est le sosie de Josh et c'est lui que tu as vu!

– Comme tu arranges cela..., dit John en éclatant de rire. Si Reegan était le sosie de Larraby, Bill n'aurait pas manqué de me le dire!

– Si tu t'imagines que Bill te dit tout! ricana Lorna.

– Pour venir en aide à Larraby, murmura John rêveur, il faudrait que je sache enfin pourquoi l'Adalgo attire les criminels comme une lampe les papillons de nuit... J'ai l'impression que je risque d'apprendre des choses fort intéressantes en allant faire un petit tour à « Maria del Mar » chez les Reegan. Mais comme je t'ai promis de tout laisser tomber, il n'en est pas question, évidemment!

– Hypocrite, dit Lorna. Sale hypocrite! Mais sous quel prétexte irais-tu là-bas?

– Rassure-toi, mon cœur, ce n'est pas le Baron qui ira à « Maria del Mar »! Paul Reegan est venu me supplier hier d'aller voir Reegan père. Sous un prétexte qui n'était d'ailleurs qu'un mensonge de plus : selon lui, Reegan était tracassé parce qu'il s'était disputé avec Bray. Or, dès que Bill l'a interrogé, il lui a sorti un magnifique alibi. Il doit y avoir une autre raison pour que ce monsieur tienne tellement à ce que j'aille le voir. Alors qu'il lui serait si simple de venir ici!

– Autrement dit, tu vas te fourrer dans un guet-apens, et délibérément encore!

– Si tu veux que Larraby s'en tire..., dit John, perfide.

– Je veux que Larraby s'en tire, oui; mais je ne veux pas me retrouver veuve. D'ailleurs je t'accompagne; je t'attendrai dans la voiture.

– J'aimerais mieux que tu restes, hésita Mannering. Oh! et puis viens!

– Tu prévois des mauvais coups?

– Peut-être, oui...

– Pourquoi?
– Parce que Zara s'appelle Zara, mon cœur.
– Tu es fou? s'écria Lorna.
– Pas le moins du monde!

Repoussant ses couvertures, John essaya encore de mettre le pied par terre. Serrant les dents, il y parvint péniblement.

– Jamais tu ne pourras marcher! gémit Lorna. Veux-tu bien rester tranquille!

Sans lui répondre, John décrocha le téléphone. Au *Morning Cry*, on lui apprit que Forsythe était sorti.

– Zut... J'aurais pourtant bien eu besoin de lui, pour une fois!

John laissa un message pour le reporter, en demandant qu'il l'appelle le plus rapidement possible. Puis il se recoucha :

– Je vais te faire plaisir. Je ne veux pas aller là-bas sans un garde du corps, même s'il doit rester dans la voiture avec toi. Nous attendrons que Mr Forsythe soit revenu à son bureau!

– Ça promet d'être long, soupira Lorna.

– Il te tarde que j'aille me faire casser la figure, mon cœur?

– Si je pensais une seconde que tu risques quelque chose, je ne te laisserais pas sortir. Mais en plein jour, chez des gens surveillés par la police, tu es tranquille...

– Bien sûr... dit Mannering, goguenard.

Vers 1 heure, Forsythe appela enfin :

– Mannering? Je viens de prendre un pot avec un malheureux garçon qui a soupiré en vain pour les beaux yeux de Zara. J'ai essayé de lui faire dire ce qu'il savait. Ce n'est pas grand-chose, d'ailleurs. Elle a vécu en France pendant de longues années. Ses parents y sont morts et elle s'y est mariée avec le frère de Marjorie. Lorsqu'elle s'est trouvée veuve, elle est venue habiter avec Marjorie et a monté la boutique de Lander Street.

Les deux Addel sont très liées avec les Reegan et mon copain, jaloux comme tout amoureux éconduit, n'est pas loin de penser que c'est Reegan senior qui finance la boutique et qu'il est au mieux avec Zara...

Forsythe reprit son souffle et John en profita pour l'interrompre :

– Tout ceci est très intéressant. Mais j'ai besoin de vous, Teddy. Et immédiatement. Pouvez-vous filer à Guilford toutes affaires cessantes et aller faire le guet devant la maison des Reegan, « Maria del Mar »? Je vous y rejoindrai dans un moment. Tâchez de vous faire le plus petit possible, pour qu'on ne vous remarque pas. Lorna est persuadée que la maison est surveillée par la police; moi pas... Mais si c'était le cas, ne dites surtout pas que vous m'attendez... Usez de votre sacré toupet bien connu et ne vous faites pas vider des lieux.

Quand Mannering, appuyé sur le bras de Lorna, descendit les escaliers de son appartement, la première personne qu'il aperçut fut l'inspecteur Tring, qui détourna les yeux d'un air gêné.

Tout en se dirigeant vers l'Aston-Martin qui les attendait devant l'immeuble, Lorna murmura :

– Il va nous suivre. On le sème?

– On le garde. J'ai parfaitement le droit d'aller voir Reegan. Et Tring peut nous donner un coup de main en cas de grabuge. Tu n'auras qu'à lui faire la conversation, pour qu'il ne trouve pas le temps trop long.

– Oh! depuis qu'il a décidé d'arrêter le Baron, il n'ose plus m'adresser la parole! dit Lorna en riant.

Vers 3 heures, l'Aston-Martin stoppait à deux cents mètres environ de « Maria del Mar », derrière la petite voiture noire de Forsythe. Le reporter surgit brusquement sous le nez de Lorna et de John :

– Bravo! Un vrai lutin! D'où sortez-vous? demanda Mannering.

Forsythe fit un geste vers un buisson de rhododendrons :

– De là-derrière! Ah! mes enfants! Vous ne me croirez jamais, pas plus que mon rédacteur en chef probablement!

– Qu'est-ce qui vous arrive? dit Lorna en riant.

– Je viens de voir le double de Larraby... son sosie, trait pour trait, cheveux blancs pour cheveux blancs... Tout y est. Si ce n'est que le sosie est admirablement habillé, fume des cigares gros comme mon bras et se propulse en Bentley.

– Hourra! cria Lorna. J'avais raison! Forsythe, je vous adore!

– Ne criez pas si fort, gronda John. Tring arrive, derrière nous... Où est-il, votre « sosie »?

– Il est sorti de chez Reegan en allumant tranquillement son cigare et a disparu dans la direction de Londres au volant de sa Bentley. Il y avait un type avec lui, habillé de noir de la tête aux pieds, avec une longue figure glabre et un air sévère, comme...

Forsythe cherche son mot, et Mannering souffla :

– Comme le valet de chambre d'un Grand d'Espagne. Forsythe, vous avez vu passer Sa Grâce le duc d'Adalgo...

– Ah! nom de Dieu! dit Forsythe.

– Alors, c'est le duc qui était aux « Cèdres » hier soir? s'écria Lorna.

– Et qui a sauvagement assommé un flic? Probablement. Quand on a vraiment envie d'être roi, on n'en est pas à un flic près, ma chère. Maintenant, allez me déposer devant la porte de cette « Maria del Mar » qui m'a tout l'air d'être le dernier bastion des Adalgo. Vous m'attendrez sagement en compagnie de ce jeune homme, et probablement de l'inspecteur Tring qui ne tardera pas à venir vous demander ce que vous faites là... Je compte sur vous pour lui répondre n'importe quoi, sauf la vérité.

– Bien entendu! répondirent en chœur Forsythe et Lorna.

La maison de Reegan était anglaise à souhait, avec ses massifs de fleurs éclatantes, ses pelouses vertes et son style délibérément georgien.

Mais lorsque la porte peinte en vert s'entrebâilla, John crut rêver. Il était en Espagne. Un couloir aux mosaïques subtiles conduisait à un grand patio où chantait une fontaine. Les murs étaient blancs et nus, le mobilier noir et solennel. Et devant Mannering, Zara Addel se tenait immobile, les yeux levés vers lui. Sur son visage parfait, une mèche noire dessinait un accroche-cœur.

Avec effort, John reprit ses esprits et murmura machinalement :

– Bonjour, madame. Pourrais-je voir Mr Reegan? Mr Reegan père...

– Je crois qu'il est là, oui. Voulez-vous entrer? répondit la voix musicale de Zara.

Elle précéda John sans se retourner. Elle paraissait plus lointaine encore, et plus hautaine aussi, qu'à la boutique où John l'avait rencontrée. Ses petits souliers claquaient sur le marbre du sol. Plusieurs portes ouvraient sur le grand patio. Zara alla frapper à l'une d'elles et dit, toujours aussi doucement :

– Pouvez-vous recevoir Mr Mannering, Tony?

Une voix grave acquiesça, et Zara se détourna :

– Passez, Mr Mannering.

Mannering entra dans une bibliothèque aussi sévère et aussi espagnole que le couloir et le patio. Un homme vêtu de noir se dirigea vers lui, la main tendue :

– Enfin!

Mince, les cheveux gris, le visage pâle et régulier, Tony Reegan était parfaitement digne, grave et sûr de lui. John qui, à travers les propos de son fils, s'était imaginé un vieillard dépassé par les événements, comprit aussitôt qu'il avait devant lui un adversaire de taille. Car son « sixième sens » l'avertissait que, malgré son sourire séduisant, Tony Reegan était un adversaire.

D'une voix aimable, Reegan déclarait :

– Vous n'imaginez pas à quel point j'étais impatient de vous voir, Mr Mannering. Je suis persuadé que nous allons très vite nous mettre d'accord, tous les deux...

John eut un geste évasif et demanda :

– Puis-je m'asseoir? Mon genou me fait un peu souffrir en ce moment.

– J'ai remarqué que vous boitiez en effet. Un mauvais coup? demanda Reegan, un éclair ironique dans ses yeux gris!

– Non, un rhumatisme, soupira John. C'est plus banal!

Il s'installa dans un austère fauteuil Louis XIII. Reegan resta debout. De petite taille, il se tenait extrêmement droit et son costume au gilet fermé très haut était coupé de façon à le grandir le plus possible. Ses chaussures noires avaient un soupçon de talon. A vrai dire, il avait davantage l'air d'un habitué des clubs madrilènes que d'un citoyen britannique. Au-dessus de lui, sur le mur blanc, un portrait regardait John d'un air hautain : un homme jeune et très beau, aux yeux d'un bleu intense. Larraby il y a vingt ou trente ans... Mais la bouche lippue témoignait d'une morgue bien différente de la douce humilité du clochard. Non, ce n'était pas Larraby...

– Mr Mannering, demanda brusquement Reegan, avez-vous apporté l'Adalgo?

– Pourquoi l'aurais-je apporté? s'étonna John. Je n'ai pas l'habitude de me promener avec des diamants dans mes poches.

– C'est dommage. Nous allons perdre du temps. Et j'ai horreur de perdre du temps.

– Je ne pouvais pas deviner que vous désiriez

l'Adalgo, dit poliment John. Vous êtes probablement acheteur?

– Oui. Et je paie très cher.

Les yeux gris fixèrent Mannering avec un regard cruel, et la voix sonore déclara :

– L'Adalgo contre votre liberté, Mannering.

John sentit son cœur s'arrêter, mais il sourit avec une ironie bien imitée :

– Vous n'avez quand même pas la prétention de m'empêcher de quitter votre maison, Mr Reegan. Ma femme m'attend...

– Je sais que votre femme vous attend, en compagnie d'un jeune homme blond.

– Vous êtes bien renseigné, dit Mannering admiratif.

– Je suis très bien renseigné, oui. Si vous quittez ma maison sans m'avoir remis l'Adalgo, ce sera précisément en compagnie de la police.

Reegan prit un temps et, avec un sourire méchant, expliqua doucement :

– Voyez-vous, Mannering, je sais qui vous êtes. Il ne faut vous en prendre qu'à vous-même. Si vous n'aviez pas eu la fâcheuse idée d'acheter l'Adalgo, je vous aurais toujours laissé tranquille... Peu m'importe à moi que l'honorable propriétaire de Quinn's soit en réalité le Baron. Mais en exposant le diamant dans votre vitrine, vous avez commis une grosse erreur. Pourquoi avez-vous fait cela?

– Comme je le disais tout à l'heure à ma femme, cher monsieur, ce diamant a la particularité d'attirer les canailles, bandits et assassins de toute espèce. J'ai pensé qu'en l'exposant, je réussirais à en attraper quelques-uns. Je ne me suis pas trompé : Hernandez est mort, Lopez en prison, avec trois meurtres sur les bras. Mais je ne vous apprends probablement rien.

– Non, dit sèchement Reegan, dont le visage pâle s'était légèrement coloré.

John prit son étui à cigarettes dans sa poche, caressa

en passant le revolver qu'il y avait glissé et demanda brusquement :

– Pourquoi désirez-vous tellement que je vous cède l'Adalgo?

– J'en ai besoin, Mannering. Pas pour moi, d'ailleurs. Pour un de mes amis. Un ami intime.

Reegan hésita, puis ajouta :

– A vrai dire, c'est mon beau-frère. Vous ignorez probablement que ma femme, morte à la naissance de Paul, était la fille du défunt duc d'Adalgo. Mon beau-frère, l'actuel duc, est le légitime prétendant au trône d'Espagne.

– Je vous avoue n'être pas très documenté sur la généalogie de la famille royale espagnole, dit John en allumant sa cigarette, mais j'ai l'impression que cette opinion vous est tout à fait personnelle?

– C'est le prétendant soi-disant légitime qui n'est qu'un usurpateur, déclara tranquillement Reegan. Le duc compte de puissants partisans dans toute l'Espagne.

Mannering lui jeta un regard surpris : se pouvait-il vraiment que Reegan fût sincère, et naïf au point de croire que l'Espagne reconnaîtrait son beau-frère comme roi légitime... Décidément la naïveté semblait être la dominante des habitants de « Maria del Mar ». Marjorie, Paul et maintenant son père! De sa voix grave, Reegan poursuivit :

– Mais pour rétablir le duc sur son trône, il fallait de l'argent. Beaucoup d'argent. J'ai donc pensé à faire copier l'Adalgo et à proposer ces copies à des collectionneurs trop heureux d'acheter un diamant aussi célèbre. Et, au bout de quelque temps, j'ai pensé que les vrais diamants coûtaient cher et qu'il serait bien plus intéressant d'en faire tailler de faux.

– C'est vous qui avez eu cette idée? s'exclama John.

– Bien sûr, dit Reegan avec un sourire orgueilleux. Qui d'autre aurait pu avoir une idée pareille!

Et John comprit que Reegan n'était nullement naïf, mais aveuglé par un orgueil insensé. Soudain, l'espoir l'envahit : un homme passionné était toujours plus facile à manœuvrer qu'un homme lucide...

Il murmura d'un ton admiratif :

– Félicitations! Je croyais que c'était Lopez.

– Lopez!

Le sourire orgueilleux se changea en une grimace de mépris :

– Lopez n'était qu'un mercenaire dont je tirais les ficelles. Un mercenaire dévoué à notre cause, certes. Et habile.

– En effet... Trois cadavres en vingt-quatre heures : un policier, mon vieil ami Leverson et Bray. Car je suppose que c'est Lopez qui a tué Bray, n'est-ce pas? Mais pourquoi chez miss Addel?

– Oh! il détestait Marjorie, dit Reegan avec un geste vague.

John feignit de se contenter de cette explication puérile et Reegan poursuivit :

– Vous savez, pour Lopez, la vie humaine ne comptait pas quand il s'agissait de la famille royale.

– Ducale, rectifia John avec un sourire poli.

– J'ai dit royale, Mannering. Et si je veux l'Adalgo, c'est parce qu'il appartient au futur roi d'Espagne.

– Nous n'allons pas nous disputer pour un simple adjectif, dit Mannering toujours très poli. Expliquez-moi plutôt pourquoi vous avez essayé de vous emparer du diamant que vous aviez confié à Bray.

Reegan ne répondit pas et John demanda tranquillement :

– Il ne vous appartenait pas, n'est-ce pas?

– Non, admit Reegan. Il appartenait à un autre client de Bray. Et c'est là que les choses se sont gâtées. Par la faute de Lopez. A force de manipuler les Adalgo, vrais ou faux, il s'est trompé. Il m'a affirmé que vous aviez exposé une copie dans la vitrine (ce qui était tout à fait plausible) et que le vrai diamant, c'était celui que Bray devait vous apporter... J'étais un vieux client de Bray, qui n'avait pas de secret pour moi. Pourtant, il avait oublié de me dire qu'il possédait ce qu'il croyait être l'Adalgo. Quand je l'ai su, il était trop tard.

– D'où votre dispute?

– D'où notre dispute, oui. J'ai essayé alors de m'emparer du diamant chez vous. J'ai envoyé d'abord Marjorie et Paul, qui se sont mal débrouillés. Puis Lopez, qui, lui m'a ramené le diamant... Mais ce n'était pas l'Adalgo. J'ai compris que vous n'aviez pas bluffé et que le vrai diamant était bien dans votre vitrine, trop étroitement surveillé par la police pour que je puisse l'y faire prendre.

– Il ne vous restait donc plus qu'un seul moyen?

– Oui. Lopez a enlevé votre femme. Ce n'est d'ailleurs pas elle, mais vous, que nous espérions voir arriver chez Leverson. De toute façon, c'était un otage qui nous permettait de faire pression sur vous. Lopez a d'ailleurs outrepassé mes ordres en téléphonant à la police pour prévenir que vous étiez chez Leverson, en train d'acheter des bijoux volés. Cet imbécile n'avait même pas pensé que ces bijoux avaient été volés chez vous! Il faut dire qu'il ignorait que je n'avais pas besoin d'une pareille preuve pour vous faire mettre en prison... et pas pour huit jours!

Le sourire cruel reparut à nouveau :

– Et maintenant, voulez-vous ou non me donner l'Adalgo?

– Je n'ai pas dit que je refusais de vous le donner, dit John en se levant. Mais je veux la vérité sur Larraby.

– Larraby? s'écria Reegan, sincèrement ahuri.

– Oui.

D'un geste, John désigna le tableau qui le regardait toujours avec morgue :

– Qui est le sosie de Larraby?

Les yeux gris étincelèrent, mais Reegan ne répondit rien.

– La vérité, ou pas d'Adalgo, dit lentement Mannering.

– Entendu, répondit Reegan, avec un soupir résigné. Ce portrait représente le duc d'Adalgo. Et Larraby est son demi-frère. Feu le duc a longtemps habité l'Angleterre...

– Et Larraby sait tout cela?

– Oui, dit Reegan. Oui, il le sait.

XV

Un silence tomba. Puis John s'écria vivement :

– Mais bien sûr, il le sait! Quelle triple buse je fais. Et il savait aussi que vous aviez monté de toutes pièces le cambriolage de votre exposition, il y a cinq ans... Et il s'est laissé accuser, plutôt que de trahir son demi-frère et l'honneur des Adalgo! Sacré Josh!

– Oui, dit Reegan avec une moue méprisante, dès que Larraby a su la vérité sur sa naissance, nous l'avons manœuvré comme nous avons voulu. Je crois même que, s'il n'y avait pas eu sa femme, il aurait travaillé pour nous... Il a toujours été un parfait jocrisse!

– Un parfait jocrisse et le meilleur des hommes, oui. De même que vous êtes de parfaits Machiavels, votre duc et vous, et de franches canailles.

– Je vous interdis de parler de Son Altesse sur ce ton! siffla Reegan.

– Elle est jolie, votre Altesse! Où est-elle d'abord?

Après un coup d'œil sur sa montre, Reegan répondit :

– Dans un avion qui l'emporte vers New York, Mannering. Elle compte de nombreux amis là-bas...

– Eh bien, ils ne sont pas difficiles, en Amérique! Et je suppose qu'elle espère faire endosser à Larraby le passage à tabac d'un flic, hier soir? Un sosie, il faut bien que cela serve à quelque chose, n'est-ce pas! Eh bien! confidence pour confidence, cher monsieur, vous n'aurez jamais l'Adalgo... Vous m'entendez? Jamais!

– Vous avez bien réfléchi... Baron? dit lentement Reegan.

John haussa les épaules :

– Vous me faites rire, avec votre Baron. Savez-vous qu'il y a un fichier spécial, au Yard, pour toutes les lettres anonymes qui prétendent que je suis le Baron.

– Mais moi, je ne prétends pas! J'affirme et je prouve. La chambre forte de lord Eldred... Kulper... Ça ne vous dit rien? J'ai même une photo...

John réfléchit rapidement. Reegan ne bluffait pas. Les noms qu'il venait de citer étaient suffisamment éloquents. Pourquoi alors ne pas lui donner l'Adalgo? Mais pour le Baron, c'était s'avouer vaincu et laisser Larraby payer encore une fois pour son demi-frère...

Et d'ailleurs, pourquoi ces gens-là voulaient-ils si désespérément ce diamant? Risquant leur vie, tuant, volant...

Soudain, il demanda :

– Qui est Zara?

– Zara? répéta Reegan, surpris.

– Ce n'est pas la belle-sœur de Marjorie, n'est-ce pas? C'est *votre* belle-sœur?

– Oui, dit Reegan. C'est la duchesse d'Adalgo. Le duc a épousé sa cousine. Les deux branches de la famille des Adalgo sont réunies, et leurs droits au trône n'en sont que plus évidents.

– Je commence à y voir un peu plus clair, soupira John. La boutique de modes n'est qu'un paravent. Vous complotez, hein?

– Je vous ai déjà dit que nous remettrons le duc sur le trône de ses ancêtres, dit pompeusement Reegan.

– Et c'est pour la duchesse qu'il vous faut le diamant?

– Oui. Les Espagnols sont superstitieux. Si Zara prétend qu'elle possède l'Adalgo depuis très longtemps, ils en déduiront qu'elle est bien la légitime reine d'Espagne, la seule pour qui la pierre ne soit pas maudite!

– Ce sont des raisonnements qui m'échappent complètement, dit Mannering avec une ombre de sourire, mais enfin, je ne suis pas espagnol, moi!

– D'autre part, poursuivit Reegan avec un éclair insensé dans ses yeux gris, quand la duchesse Zara arrivera à Madrid avec l'Adalgo, ce sera pour tous nos partisans le signal de la révolution.

– Tout simplement! soupira John.

– Vous avez compris maintenant pourquoi nous voulons le diamant?

– Non. Et je refuse de le comprendre. Ce diamant m'appartient, je le garde. Au revoir, Mr Reegan.

Se dirigeant vers la porte, John l'ouvrit brusquement et sortit. Mais dans le couloir, adossé contre le mur, Paul Reegan montait la garde, un revolver à la main.

– Je ne t'ai pas appelé, il me semble! dit son père.

– Vous perdez votre temps avec monsieur, dit respectueusement le jeune. Voilà qui va le décider, croyez-moi! Où préférez-vous que je vous loge une balle, Mannering? Coude, genou, vous boitez déjà...

– Tais-toi! ordonna sèchement son père. Mannering, vous allez immédiatement rédiger un mot pour votre employé chez Quinn's, lui enjoignant de remettre l'Adalgo à Mrs Mannering. Paul ira donner le mot à votre femme, puisqu'elle vous attend dehors, en lui expliquant la situation. Il l'accompagnera et ramènera l'Adalgo.

– Ça m'étonnerait, dit Mannering. Ça m'étonnerait beaucoup! Parce que l'Adalgo est en ce moment dans un coffre-fort à Scotland Yard...

Dans le silence qui suivit, on entendit seulement un « salaud » étouffé. C'était Paul. Le revolver trembla dangereusement dans sa main. Mais soudain, du fond du couloir, Marjorie accourut, ses cheveux blonds volant autour de son visage bouleversé :

– Mr Reegan! Paul!

– Qu'est-ce qui vous arrive, Marjorie? dit calmement Reegan senior.

– Juan et Mac viennent de trouver deux hommes qui se faufilaient dans le jardin. Et ils les ont assommés et ligotés.

– Je ne vois pas là de quoi vous affoler; nous avons le droit de nous défendre contre les cambrioleurs ou les indiscrets! remarqua Reegan senior, toujours très calme.

– Oui, mais j'ai reconnu l'un des deux hommes! C'est un inspecteur du Yard.

– On dirait que les choses se gâtent, mes enfants, dit aimablement Mannering. Pour vous, pas pour moi!

D'une voix inquiète, Paul demandait :

– Ils sont très amochés?

C'était le moment ou jamais. De toutes ses forces, John se jeta sur le jeune homme et l'envoya rouler à terre, tout en prenant son propre revolver dans la poche de son veston. Le front de Paul heurta le coin d'un coffre et le jeune homme ferma les yeux, inconscient. Marjorie se précipita sur lui en hurlant. Sous la menace du revolver de John, Reegan se tenait parfaitement immobile. John ramassa rapidement l'arme de Paul, qui avait glissé sur le sol de mosaïque, et ordonna sèchement à Reegan senior, en lui montrant la bibliothèque :

– Entrez là-dedans, vous. Vite!

Comme il allait le suivre, une porte s'ouvrit et deux hommes apparurent. De deux balles bien placées, John les arrêta. Ils s'effondrèrent, touchés, l'un à l'épaule, l'autre au genou. D'une voix tonitruante, John hurla :

– Si vous avancez, je descends votre patron.

Et il entra dans la bibliothèque. Reegan se tenait debout près d'une table aux pieds de fer forgé. John eut un coup d'œil pour ses mains : elles étaient vides.

– Asseyez-vous là et ne bougez pas! ordonna-t-il.

Reegan s'affala dans un fauteuil et John décrocha un téléphone qu'il avait remarqué un moment plus tôt.

Dans son fauteuil, Reegan respirait pesamment. Audehors, on entendait les sanglots hystériques de Marjorie.

– Scotland Yard? dit rapidement John. Dites à Bristow d'envoyer de toute urgence des hommes armés chez Reegan, à Guilford. Compris?

Il écouta la voix précise qui répétait le message; comme il allait raccrocher, la porte de la bibliothèque s'entrouvrit et, simultanément, Reegan tira un revolver de sa poche. John fit feu aussitôt : la main fracassée, Reegan laissa tomber son arme avec un cri de douleur. Puis John braqua son arme contre la porte. Mais il ne tira pas : très droite, plus altière que jamais, Zara s'avançait vers lui, sans paraître remarquer l'arme pointée sur elle. Dans sa main droite, elle tenait une grande enveloppe.

– Zara! Allez-vous-en! cria Reegan.

– Ne bougez pas, dit froidement Mannering.

Zara s'arrêta.

– Reegan, dites-lui où sont les documents dont vous m'avez parlé. Vite! Sinon la police les trouvera ici, et votre complot est à l'eau!

– Allez-vous-en, Zara! cria désespérément Reegan. Il n'osera jamais tirer sur vous.

Mais Zara, loin de fuir, s'avançait à nouveau. D'un geste gracieux, elle tendit la grande enveloppe à John :

– Voilà ce que vous cherchez, Mr Mannering.

Il prit l'enveloppe, y jeta un rapide coup d'œil : des feuillets dactylographiés, une photo qui aurait fait le bonheur de Poids-Lourd...

– Vous êtes folle! Zara! criait Reegan.

– Non. J'ai été folle, mais c'est fini. Folle de vous

croire, Luis et vous. Folle de ne pas m'apercevoir que vous étiez d'ignobles assassins. Mais c'était si difficile d'ouvrir les yeux! Si difficile de se dire que mon mari et mes amis n'étaient que des bandits! Pires que des bandits, des hommes fourbes et déloyaux. J'ai vécu parmi vous tous pendant des années sans m'apercevoir de quoi que ce soit! Je croyais que Lopez était seul responsable des violences que je déplorais. Mais, depuis hier, je vous vois tels que vous êtes... Et j'ai appris bien des choses.

Les yeux noirs brûlaient de fureur, le contralto émouvant tremblait d'indignation.

– Zara, supplia Reegan, allez-vous-en. La police va arriver...

– La police ne me fait pas peur, Tony. Je n'ai rien à me reprocher. Je leur expliquerai comment vous vous êtes servis de moi, Luis et vous... Je leur dirai où se trouve Luis, et que c'est Paul qui a tué Bray.

– Taisez-vous! hurla Reegan.

– Savez-vous ce que je ne vous pardonne pas, Tony? C'est d'avoir accusé Lopez de ce meurtre. J'ai entendu votre conversation, à l'instant. Je vous aurais peut-être pardonné des crimes et des violences, mais pas une trahison. Vous avez trahi un homme qui nous était entièrement dévoué.

Brusquement, elle se tourna vers John, avec un mouvement de tête hautain :

– Est-ce que Lopez a parlé de moi à la police?

– Lopez n'a parlé de personne. Il n'a pas dit un mot.

– C'est un homme..., dit-elle en jetant un regard de mépris à Reegan. Mais moi, je parlerai. Il saura que je suis fidèle à mes amis.

Soudain, tout au bout du couloir, une voix féminine cria :

– John? John? Où es-tu?

La duchesse d'Adalgo regarda John et dit doucement :

– Allez, monsieur. Laissez-moi avec Mr Reegan.

Reegan fit un mouvement, gémit et laissa retomber sa main... à vingt centimètres de son revolver. John, fasciné par les yeux noirs qui le fixaient avec un calme courage, n'avait rien remarqué.

– Je vous en prie, insista Zara. J'ai encore quelque chose à lui dire. Mais pas devant vous.

Et levant son menton, elle ajouta impérieusement :

– C'est une affaire de famille.

Derrière la porte de la bibliothèque, Lorna criait :

– John? Tu es là?

– Oui, dit tout haut John. Je... n'entre pas!

Il avait vu Reegan qui, de sa main fracassée, trouvait la force de saisir son arme et de tirer... sur Zara.

La balle la frappa en plein front. A côté de l'accroche-cœur noir, une étoile rouge apparut. Doucement, gracieusement, comme elle faisait toutes choses, Zara leva une main pâle... et s'écroula.

Reegan retourna son arme contre lui-même et tira à nouveau.

John ne fit pas un geste pour l'en empêcher.

Lorna hurla :

– John!

Puis elle ouvrit toute grande la porte.

– Ne pleure pas! murmura John à Lorna qui sanglotait sur son épaule. Ne pleure pas, mon cœur...

– Elle est si belle..., gémit la jeune femme.

– Viens! ne restons pas ici... Elle était belle, oui... et fière comme on ne sait plus l'être à notre époque. C'est pourquoi Reegan a eu raison... elle aurait souffert le martyre d'être livrée à la presse, à la police...

Ils étaient sortis dans le couloir désert. Marjorie avait probablement réussi à traîner Paul dans une chambre.

– Allons délivrer Forsythe et Tring. J'aimerais bien que Tring ait l'honneur de présenter lui-même à la police sa récente découverte : l'assassin de Bray. Il doit être par là, lui aussi. Oh! à propos de Poids-Lourd, je veux bien lui faire plaisir, mais pas au point de lui livrer le Baron... Mets donc cela dans ton sac, chérie. Nous le brûlerons en arrivant à la maison.

Et John tendit à Lorna la grande enveloppe que lui avait remise Zara.

– C'est compromettant? dit la jeune femme.

– Cela dépend du lecteur! Aux yeux de Poids-lourd, plutôt, oui!

Dans le lointain, on entendit des sirènes...

– Je voudrais quand même trouver Poids-Lourd avant que la police ne soit là!

Ils sortirent dans le jardin paisible. Le soleil brillait sur les massifs de fleurs. Lorna soupira :

– Qu'est-ce que tu vas faire de l'Adalgo, John?

– Le vendre et vite... Lorna, je sais maintenant pourquoi cette pierre fascinait Larraby... Demain, je te propose d'aller avec moi à Harrows et d'expliquer à Mrs Larraby que son mari est ou un imbécile ou un saint, mais certainement pas un malhonnête homme!

– C'est ce que j'ai toujours dit, remarqua Lorna avec un petit air satisfait. Avec tout cela, moi, je perds un modèle. Si Larraby n'a plus l'air malheureux, tout est à recommencer!

– Tu pourrais peut-être faire le portrait de Poids-Lourd? Il ne va pas se consoler d'avoir, cette fois encore, raté le Baron.

– Bah! soupira la jeune femme, à sa place je ne m'inquiéterais pas! Il finira bien par le pincer un jour ou l'autre...

Les Maîtres du Roman Policier

Première des collections policières en France, Le Masque se devait de rééditer les écrivains qu'il a lancés et qui ont fait sa gloire.

ARMSTRONG Charlotte
1740 L'étrange cas des trois sœurs infirmes
1767 L'insoupçonnable Grandison

BEEDING Francis
238 Le numéro gagnant

BERKELEY Anthony
1793 Le club des détectives *(juin 85)*

BIGGERS Earl Derr
1730 Le perroquet chinois

BOILEAU Pierre
252 Le repos de Bacchus *(Prix du Roman d'Aventures 1938)*
1774 Six crimes sans assassin

BOILEAU-NARCEJAC
1748 L'ombre et la proie

BRUCE Leo
1788 Sang froid *(mai 85)*

CARR John Dickson
1735 Suicide à l'écossaise
1785 Le sphinx endormi *(avril 85)*
1794 Le juge Ireton est accusé *(juin 85)*

DARTOIS Yves
232 L'horoscope du mort

DIDELOT Francis
1784 Le coq en pâte *(avril 85)*

DOYLE Sir Arthur Conan
124 Une étude en rouge *(juil. 85)*
1738 Le chien des Baskerville

ENDRÈBE Maurice Bernard
1758 La pire des choses

FAIR A.A.
1745 Bousculez pas le magot
1751 Quitte ou double
1770 Des yeux de chouette

GARDNER Erle Stanley
1797 La femme au masque *(juil. 85)*

HEYER Georgette
297 Pourquoi tuer un maître d'hôtel ?
484 Noël tragique à Lexham Manor

HUXLEY Elspeth
1764 Safari sans retour

KASTNER Erich
277 La miniature volée

KING Rufus
375 La femme qui a tué

LEBRUN Michel
1759 Plus mort que vif

LOVESEY Peter
1201 Le vingt-sixième round *(juin 85)*

MAGNAN Pierre
1778 Le sang des Atrides

MILLER Wade
1766 La foire aux crimes

NARCEJAC Thomas
355 La mort est du voyage *(Prix du Roman d'Aventures 1948)*
1775 Le goût des larmes

PALMER Stuart
117 Un meurtre dans l'aquarium
1783 Hollywood-sur-meurtre *(avril 85)*

PRONZINI Bill
1737 L'arnaque est mon métier

QUENTIN Patrick
166 Meurtre à l'université

ROSS Jonathan
1756 Une petite morte bien rangée

RUTLEDGE Nancy
1753 Emily le saura

SAYERS Dorothy L.
174 Lord Peter et l'autre

191 Lord Peter et le Bellona Club
1754 Arrêt du cœur

SÉCHAN O. et MASLOWSKI I.
395 Vous qui n'avez jamais été tués
(Prix du Roman d'Aventures 1951)
(juil. 85)

SHERRY Edna
1779 Ils ne m'auront pas

SLESAR Henry
1776 Mort pour rire

STAGGE Jonathan
1736 Chansonnette funèbre
1771 Morphine à discrétion
1789 Du sang sur les étoiles *(mai 85)*

STEEMAN Stanislas-André
84 Six hommes morts
(Prix du Roman d'Aventures 1931)
95 La nuit du 12 au 13
101 Le mannequin assassiné
284 L'assassin habite au 21
305 L'ennemi sans visage *(mai 85)*
388 Crimes à vendre
1772 Quai des Orfèvres

TEY Josephine
1743 Elle n'en pense pas un mot

THOMAS Louis C.
1780 Poison d'avril

VERY Pierre
60 Le testament de Basil Crookes
(Prix du Roman d'Aventures 1930)

Le Club des Masques

ALDING Peter
531 Le gang des incendiaires

BAHR E.J.
493 L'étau

BARNARD Robert
535 Du sang bleu sur les mains
557 Fils à maman *(juil. 85)*

CARR John Dickson
423 Le fantôme frappe trois coups

CHEYNEY Peter
6 Rendez-vous avec Callaghan
23 Elles ne disent jamais quand
31 Et rendez la monnaie
41 Navrée de vous avoir dérangé
57 Les courbes du destin
74 L'impossible héritage

CHRISTIE Agatha
(85 titres parus, voir catalogue général)

CURTISS Ursula
525 Que désires-tu Célia ?

DIDELOT Francis
524 La loi du talion

ENDRÈBE Maurice Bernard
512 La vieille dame sans merci
543 Gondoles pour le cimetière

EXBRAYAT
(96 titres parus, voir catalogue général)

FERM Betty
540 Le coupe-papier de Tolède

FERRIÈRE Jean-Pierre
515 Cadavres en vacances
536 Cadavres en goguette

FISH et ROTHBLATT
518 Une mort providentielle

FOLEY Rae
517 Un coureur de dot
527 Requiem pour un amour perdu

GILBERT Anthony
505 Le meurtre d'Edward Ross

HINXMAN Margaret
542 Le cadavre de 19 h 32 entre en gare

IRISH William
405 Divorce à l'américaine
430 New York blues

KRUGER Paul
513 Brelan de femmes

LACOMBE Denis
456 La morte du Causse noir
481 Un cadavre sous la cendre

LANG Maria
509 Nous étions treize en classe

LEBRUN Michel
534 La tête du client

LONG Manning
519 Noël à l'arsenic
528 Pas d'émotions pour Madame

LOVELL Marc
497 Le fantôme vous dit bonjour

MARTENSON Jan
495 Le Prix Nobel et la mort

MONAGHAN Hélène de
452 Suite en noir
502 Noirs parfums

MORTON Anthony
545 Le baron les croque
546 Le baron et le receleur
547 Le baron est bon prince
548 Noces pour le baron
549 Le baron se dévoue *(avril 85)*
550 Le baron et le poignard *(avril 85)*
552 Le baron et le clochard *(mai 85)*
553 Une corde pour le baron *(mai 85)*
554 Le baron cambriole *(juin 85)*
556 Le baron bouquine *(juil. 85)*

IMPRIMÉ EN FRANCE PAR BRODARD ET TAUPIN
58, rue Jean Bleuzen - Vanves - Usine de La Flèche.
ISBN : 2 - 7024 - 1628 - 4

H 31/0680/4